とりあえず伝説の勇者の伝説④
魔力のバーゲンセール

老婆《ろうば》が地面からものすごいいきおいで飛び出した！

「ふざけるなっ！」
思わずジェルメは、拳を突き出していた。

とりあえず伝説の勇者の伝説④

魔力のバーゲンセール

1023

鏡　貴也

富士見ファンタジア文庫

111-18

口絵・本文イラスト　とよた瑣織

目次

ちーむ・ぶれいぶす［前編］

イェット共和国。

そこには、勇者がいるという。かつて存在《そんざい》した、御伽噺《おとぎばなし》の伝説の勇者ではない。現存する、ほんものの勇者。

誰《だれ》もが彼のことを知っていた。聞けば、誰もが彼のことを知っているという顔をした。

しかし、誰も彼のことを語らない。

誰からも彼の情報《じょうほう》を得ることはできない。

そして彼は生ける伝説となった。

謎《なぞ》のベールに包《つつ》まれた、伝説の勇者。

ここには、そんな勇者がいた……

場所は少し変わって。

あまり人相《にんそう》のよくない男たちでにぎわう、夜の酒場。そこにライナ・リュートはいた。

もう夜だというのに、いまだに朝の寝癖《ねぐせ》が少しついている黒髪《くろかみ》に、どんよりと眠《ねむ》そうに緩《ゆる》んだ黒目。

やる気がない……どころか、軟体動物《なんたい》顔負けの、これ以上ないほど脱力《だつりょく》しきった体はいま、木製《もくせい》のテーブルに突《つ》っ伏《ぷ》していた。

そして……

そのまま少しだけ目線を移《うつ》し、目の前でスキンヘッドに刺青《いれずみ》をいれているにいちゃんやら、頬《ほお》に刀傷《かたなきず》があるにいちゃん、ひどく目つきの悪い異様《いよう》にマッチョなにいちゃんなどなど、腕《うで》っぷし一本で人々に迷惑《めいわく》をかけまくりながら生きてそうな男たちに囲《かこ》まれている女を眺《なが》めて……

「はぁ……まぁためんどくせぇことに巻《ま》き込《こ》まれやがって……」

そんなライナを、男たちはにやついた目で見てから、取り囲んでいる女に向かって、疲《つか》れたようなため息《いき》をついた。

「よぉ姉《ねえ》ちゃんよぉ。あんなひ弱そうな情《なさ》けねぇ男なんかほっといて、俺《おれ》たちと付き合えって。な？　絶対満足《まんぞく》させるぜ？」

「そうそう。おまえみたいな美人は、絶対俺たちみたいな男が似合《にあ》うんだって。なんてったってこのへんのナワバリは、俺たちの組がシメてんだからさ。俺らと一緒《いっしょ》にいりゃあ、いい目が見れるぜ？」

そんなことを言う。それに、

「………」

女は無言だった。そのまま一度振《ふ》り返ってきて、彼女の目と、ライナの目があう。

彼女は美人だった。きらめく金色の長い髪。異常に整《ととの》った容姿《ようし》。切れ長の澄《す》んだ青い瞳《ひとみ》。

どれをとっても非の打ち所がない。

いや、なぜかこんな状況《じょうきょう》でも異様に無表情なところが気にはなるが……それもこれだけの絶世の美女ともなると、魅力《みりょく》の一つと言えるかもしれない。

そして状況は、そんな彼女が、荒《あら》くれどもにからまれており、そして相棒《あいぼう》であるライナのほうを見つめてきていて……

ライナはそれに、顔をしかめた。

「なぁんで俺を見んだよフェリス。まさか俺に助けろとか、そんなこと言うつもりじゃねえだろうな？」

しかしそれにフェリスはうなずいて、

「うむ。以前本で読んだが、こういう場面では、暴漢《ぼうかん》に襲《おそ》われたか弱い女を男が助けるものらしいぞ？　確《たし》かそのときのセリフは、『天使様をなんとか月に帰すんだ！　そうしないと世界は、世界はぁあああああ!?　ぐは……』だったか？」

「…………ほんとにそれ、酒場のシーンなのか？……っていう突《つ》っ込みはとりあえずおいといて。俺はやだぞ？　もう今日は疲れてんだから、おまえ一人でがんばってくれよ」

するとフェリスを取り囲んだ男たちがげへへっと笑って、

「ほらよ。あいつもあんなこと言ってるし、俺たちと一緒にこいって。あんな情けない男よりも、俺たちのほうが満足させられるぜ？」

その言葉にフェリスはやはり無表情のまま、

「うむ。確かにあれほどうだつがあがらない男もいないからな。力を発揮《はっき》するときといえば夜、幼女《ようじょ》を襲う時だけというダメ人間ぶりだ」

瞬間《しゅんかん》、なぜか酒場全体が騒然《そうぜん》となった。

「な!?　あの野郎《やろう》、あ、い、あいつみてぇに、ガキに手を出しやがるのか!?」

「信じらんねぇ！　そうじゃなくてもこの街《まち》の奴《やつ》らは、その手の話題には敏感《びんかん》になってんだ。俺は子供《こども》に手を出す奴だけは許《ゆる》せねぇ」

そんなことを口々に言う男たち。

それにライナはまた、深いため息をついて……

「……またこの展開《てんかい》かよ……で、俺がンなこと一度もしたことねぇって言っても……」

が、その言葉は遮《さえぎ》られて、フェリスが淡々《たんたん》と言う。

「ん。このあいだも街でさらってきた幼女をさんざんもてあそんだあげく……」

「ああ!? そんなひどい話もう聞きたくない!! やめてくれ!!」

人相の悪い男たちがそう叫《さけ》んで耳を塞《ふさ》ぐ。そして殺意のこもった目でライナを見つめて、

「……ぜってーてめぇだけは許さねぇ……」

それにライナはもう、絶望《ぜつぼう》しきったような顔で言った。

「……こんな悪役然とした奴に、こんなこと言われる俺の人生は、どうなんだろう……」

するとフェリスがあっさり、

「ダメの一言だな」

「てめぇが言うなよ!! ってあう……微妙《びみょう》に落ち込むし! ああ、もう襲いかかってきてるし!?」

ライナがとっさにテーブルから離《はな》れると、そのテーブルはマッチョな男たちにあっさり破壊《はかい》されていて……

「うあ……まじでやんの? そんな女の言うことなんか信じ……」

が、言葉は最後まで続かなかった。ライナが顔をあげて見ると、酒場にいる男たち全《すべ》てが、殺気のこもった目で彼をにらんでいて、

「子供を襲う、悪魔《あくま》を殺せ!」

「子供たちがどれだけ傷ついてるかを、思い知らせてやれ!」

ライナはそれに……

「……いじめだ……」

泣いた。

そんなライナの心境《しんきょう》などおかまいなしに、男たちはうおおおおおっと襲いかかってくるが……

それにフェリスが、

「さて。お遊びは終わりだ。この酒場を制圧《せいあつ》しろ。情報を聞き出すぞ」

「……制圧っておまえなぁ。普通に聞けばいいじゃねぇかよ。ってああ、もう遅《おそ》いか」

言って、目の前に迫《せま》りくるガタイのでかい男を、やる気のない緩《ゆる》んだ目で見上げてから、

「ま、そんなわけで、悪いな。恨《うら》むならあの女悪魔を恨んでくれな。じゃ……」

と、ライナはゆっくりと体を動かした。さっきまでの怠惰《たいだ》な雰囲気《ふんいき》からは想像できない、流れるようななめらかな動き。しかし声は相変わらず気だるげなまま……

「いくぞ～」

戦闘《せんとう》がはじまった。

数分後。

酒場は惨劇《さんげき》の場と化していた。

立っているのは、ライナとフェリスのみ。襲いかかってきた男たち、バーテンも含《ふく》めて十五人が、床《ゆか》に倒《たお》れ、窓《まど》に突っ込み、なかには壁《かべ》につっこんでいるものまでいる……

それにフェリスは満足げにうなずくと、まだ意識《いしき》がある男を一人引き起こして、

「さて、これで無駄《むだ》な抵抗《ていこう》になんの意味もないことがわかっただろう？　では、私の質問に答えてもらおうか？」

「へ？　て、抵抗ってあんた、なに言ってんだ？　その男に子供が襲われてるんじゃ」

「お遊びの時間は終わりだと言っただろう。いつまでもそんなたわ言を言うんじゃない」

「た、たわ言って……」

そんなめちゃくちゃな会話に、ライナはため息をついてから、

「あ〜とりあえず説明するとだな、俺らは、遥《はる》か昔に失われた遺跡《いせき》やら、御伽噺《おとぎばなし》、絵物語なんかの調査をしてて。んでもってそんなとき、この街にいるという、勇者って奴の噂《うわさ》を聞いてな。その情報を探してんだけど……」

と、そこまでライナが言った瞬間《しゅんかん》、男が緊張《きんちょう》した表情になった。

そして、

「ゆ、勇者……お、俺はなにも知らねぇぞ？　知らねぇ。あんな、あんな奴のこと……」

それにライナは肩《かた》をすくめて、

「そう。街でその勇者とやらの言葉を出すと、みんなその反応《はんのう》なんだよ。だからこそ……」

その言葉をフェリスが継《つ》いだ。見えないほどの早業《はやわざ》で腰《こし》から剣《けん》を引きぬくと、それを男の首筋《くびすじ》へとあて……

「能書《のうが》きはここまでだ。さっさと知ってることを全て吐《は》いてもらおうか」

「ってわけだ。街中で剣を振りまわすわけにもいか……」

とそこまで言ってから、ライナは一瞬考え込んで、

「いや……いつも振りまわしてるような気がするのは……とりあえず無視《むし》しよう……ま、まあそんなわけで、抵抗すると殺すぞと。話を聞かせてもらおうか」

しかし男は、

「だ、だめだ。これだけは言えな……あああ！　ちょっと待った⁉　いま首から血が⁉　血が‼　話す！　話すから⁉」

そんなあわれな男に、まるでいつもの自分を見ているような気がして、ライナは今日もう何度ついたかわからないため息を、もう一つついたのだった。

まあ、それはさておき。

男は話しはじめた。

「このイエット共和国には、ホーネット学園っていう、でけぇ専門《せんもん》学校があってな」

「専門学校？　なんの話だ？　俺らはそんな話には興味《きょうみ》ないぞ？　勇者の話を——」

が、男はそれを遮《さえぎ》って、

「その勇者の話につながっていくから、黙《だま》って聞いてろよ。んで、その専門学校は、最初のころはそれこそ料理人を養成したり、漁師《りょうし》になるための技術《ぎじゅつ》を体系立てて教えたりと……なかなか役にたってたんだ。そこの卒業生はみんなレベルが高いと評判《ひょうばん》でな。だが、ある男がそこの講師《こうし》としてきてから、急におかしくなりだした。その男は、学園に、より多様な人材を集めようと、新しい講座を作ったんだ。そこは、御伽噺なんかでよくでてくる、勇者や、それをサポートする魔法使い、戦士、武闘家《ぶとうか》などに、悪の大魔王が放ってくる魔物たちを退治する方法を教える講座で……その名も『シャニー勇者養成講座』……」

「っておーい。ちょ、ちょっと待て。悪の大魔王？　魔物？　ンなもんどこに……」

しかし、男はライナのその言葉もさらに無視して、

「もちろんそんな、いもしない魔物に対抗するための勇者を育成する、なんて馬鹿《ばか》げた講座に入る奴なんていないと思うだろ？」

「あ……そう続くのね。納得《なっとく》」

すると男は、だから話は最後まで聞けよという顔になってから、続ける。

「だが、これが子供に受けたんだ。御伽噺や紙芝居《かみしばい》、そんなのが好きな子供たちにはそりゃもうバカ受けだった。そしてそんな子供同士が、手を取り合って魔王と戦うシミュレーションプログラムをこなすことによって、協調性や、責任感なんか学ぶことができるなんていうふれこみでな……親たちも、子供をこぞって学校に入学させて……そして……問題が起こったんだ。講師のシャニーが、暴走《ぼうそう》した。実は自分は本物の勇者なのだとか言い出して、そしていつのまにやら特殊《とくしゅ》な訓練《くんれん》を受けていた子供たちを従《したが》え、一気に大組織《だいそしき》になりあがった。その規模《きぼ》は、情報を一手に取り扱《あつか》う『フューレル一族《グループ》』や、美貌《びぼう》の女頭目が率《ひき》いる大詐欺師《さぎし》組織『聖女《せいじょ》エステラ信奉会《しんぽうかい》』に次ぐ大きなもので、その名も『勇者組』……」

そんな話を聞きながら、ライナはなぜか急に興味なさげな表情になって、

「……フューレル一族《グループ》にエステラね……その名前を聞いただけで、すげえやる気がなくなってきたのはなんでだろ」

その二つの組織には、聞き覚えがあった……というより、フェリスの傍若無人《ぼうじゃくぶじん》ぶり、そしてライナを結婚《けっこん》の約束《やくそく》をした相手だのと言って妖怪並《ようかいな》みのしつこさで追いかけてくるミルクという少女の迷惑《めいわく》暴走ぶりに加えて、ここのところ彼は、その二つの組織に振りまわ

されまくっていた……

まあ、いちいち受けた迷惑を思い出してみても悲しくなるだけなのであえて無視するが……

「そしてこの勇者組は悪の限《かぎ》りを尽《つ》くした。勇者の覇業《はぎょう》のためだの、民衆は世界を救《すく》う勇者に協力するのが義務《ぎむ》だのといって、畑をあらし、ナワバリ代をよこせと金を巻き上げ……俺たちが抵抗しても、子供たちはなにをどうされたのか、めちゃくちゃ強くてな……夢見《ゆめみ》がちな目をして、世界を救うんだ！ なんて叫《さけ》びながら襲いかかってくる……おまけに一番たちが悪いのは、講師がロリ……」

が、そんな話を続ける男をよそに、ライナは疲れた表情でフェリスのほうを振り向き、

「んで、どうする？ どう考えても今回のは、俺たちが追ってる勇者の遺物の情報とは関係なさ……」

が、フェリスは彼の言葉を遮って、

「ふむ。ついにこの国の重要な勇者伝説の一つをつかんだな」

「……………………………マジか？」

ライナが衝撃《しょうげき》の表情で言った。

しかし、なぜかそれを楽しげにフェリスは眺《なが》めてから、

「冗談《じょうだん》だ。ここイエット共和国のわけのわからない組織に、これ以上関《かか》わりあいを持つ必要は感じないからな」

「…………ってかおまえ、俺をいじめて楽しんでるだろ」

「無論《むろん》だ」

「……まぁ、そうだな。もう、論じても無駄《むだ》なことは、俺にもわかってきてるよ……」

なんて、あきらめきった表情で言うライナに、男が横から、

「そうだ！　でも、あんたらくらいの強さがあれば、勇者組を潰《つぶ》せるかもしれない⁉　なあ頼《たの》む！　街を、子供たちを救ってくれ‼」

そんなことを言ってくる。

確かに大問題だった。

街の危機《きき》。

子供たちが危険《きけん》にさらされている。

しかし、なぜかライナはさらに眠そうな表情で、

「あ〜だめ。そんな正義の味方があらわれてくれるといいな。んでもって、俺の仕事とかも、みーんなこなしてくれて、本当の悪の大魔王フェリスに一発どかんと攻撃《こうげき》を……ってうそですうそです。だ、だからその剣を俺のほうに向けるなって！」

さらにフェリスは、

「うむ。私も今日の昼購入《こうにゅう》しただんごを食べるという重要な任務《にんむ》が残っているから、おまえの要望には応《こた》えられないな」

あっさりそんなことを言い放って、二人は去っていく。

街の危機なのに。

子供たちが危険にさらされているのに。

男はそんな後ろ姿を見送って……

「……やっぱり神様なんていないんだ……」

そんなことを思ったのだった。

翌日《よくじつ》の話。

「わーわーいっぱい人がいるね！」

ミルク・カラードは、まわりをキョロキョロと見まわしながら、繁華街《はんかがい》の中にいた。

ふんわり亜麻色《あまいろ》のポニーテールに、くりくりお目目。かわいらしい童顔《どうがん》に小柄《こがら》な体。

ぱっと見、雰囲気《ふんいき》はお子様に見えるが……こう見えても弱冠《じゃっかん》十六歳《さい》にして、まわりに率《ひき》いる四人の男たち——ローランド帝国『忌破《いみやぶ》り』追撃部隊《ついげきぶたい》という危険な任務に従事《じゅうじ》する部隊の隊長を務《つと》める、エリートだったりする。

と――

ミルクと並《なら》んで歩いていた、ひょろっと背の高い、若いくせに白髪《はくはつ》の優《やさ》しげな男が、

「迷子《まいご》にならないように、気をつけてくださいね？」

それにミルクはぷーっと頬《ほお》を膨《ふく》らませて、

「ああ！　またルークはそうやって子供扱いして！　私はそんな子供じゃないもん！」

「わかってますって隊長。隊長はいい子ですからね」

「え？　いい子？　ほんと⁉　えへへ♪」

と、そんな言葉にあっさり得意げに笑顔《えがお》になるミルクを、ルークは満足げに眺めて、まるで自分の子供の成長を楽しむ親のようにうんうんとうなずく。その後ろでは他の三人の部下たちも、そんな微笑《ほほえ》ましい光景になごんでいたりして……死と隣《とな》りあわせの危険な任務についているエリートの面影《おもかげ》は……

「わぁ。ねえねえルーク！　あそこ市場があるよ！　いってみようよ！」

エリートの面影は……

「そうですね。それじゃあ、リーレ、せっかくだから今日は、宿の調理場を借りてひさしぶりに私たちで包丁《ほうちょう》を振るってみようか」

するとそれに、クールな雰囲気をただよわせている、端整《たんせい》な顔をした男が、

「いいですね。いい魚が仕入れられればいいんですが。イエット共和国のいまの季節の旬《しゅん》の魚がなんなのかを調べてみましょう」

それにまだどこか幼《おさな》さの残る、ミルクよりは少しだけ年長といった感じの少年ムーが、

「やった！　ルーク先輩《せんぱい》とリーレの料理は美味《おい》しいからなぁ！」

それにやはりムーと同い年くらいの、こちらは勝気そうな少年が、

「だな。それに比べてムー。おまえの料理ときたら……あの戦場で一緒に料理はじめたってのに、この差はなんなんだろうな？」

「なんだよー。ラッハだって料理下手《へた》じゃないかよぉ」

なんて会話をする面々を優しげに眺めてから、ルークは母親然とした口調《くちょう》で言った。

「はいはいそこまで。じゃあ、なにが食べたい？」

するとミルク、ラッハ、ムーが順番に、

「カレー」

「カレー」

「カレー」

リーレがそんな、お子様炸裂《さくれつ》な注文に軽く額を押さえて、

「……いつものことながら、作りがいがないなぁ」

そんな会話。

もう最近では、『エリートの面影は……』なんていう話題が消え去ってしまうほどの、緊張感の欠如《けつじょ》ぶりだった……

まあそんなこんなで、ルークが、

「じゃあ、私たちは少し夕食の買い物をしてきますので、隊長は適当《てきとう》に遊んでから、おなかをすかせて帰ってきてくださいね」

「うん！　すっごい楽しみ！」

それにルークはもう一度うなずいてから、

「じゃ、ラッハ、ムー、おまえたちは荷物持ちしてくれ」

『はぁい』

続いてリーレが、

「じゃあ、私はこの国の季節と素材の関係を調べにいってきます」

「頼《たの》んだ。じゃ、隊長、いってきます」

言って、去っていくルークたちに、

「いってらっしゃーい！」

ミルクは思いっきり手を振ってから、

「はふ。カレーかぁ。わくわくするなぁ。ルークとリーレの料理は美味しいし、夜までまてなぁい。なんかしながら、気を紛《まぎ》らわせないと。そうだ！　カレーの歌うたっちゃおっと！　かっかっカレーは美味しいよー♪　じゃがいもにん……じ……ん……しまった！　余計《よけい》お腹減《なかへ》ってきたぁ！」

なんて間抜《まぬ》けなことを独《ひと》りでしながら歩き始めるミルク。

そんな彼女が、繁華街を抜けて、どこか高級なたたずまいの、煉瓦造《れんがづく》りの住宅街へ入ったときに、その看板《かんばん》はあらわれたのだった……

「え……なにこれ……」

ミルクはそれを見つけた瞬間、ふらふらとそちらへ歩を進めていた。そして、

「え……え？　すっごーい！　これってほんとなの？　いってみなくっちゃ!!」

彼女の目は、好奇心《こうきしん》にキュピーンと輝《かがや》き、すぐさま駆《か》け出す……

ちなみに、看板には、こうあった。

『ちょっとそこの君。世界を救ってみないかい？　君も三日で救世主《きゅうせいしゅ》！　一緒に悪の大魔王に立ち向かおう！　勇者組。場所は——』

時は移《うつ》ろい……夜。ルーク、ラッハ、ムーは、緊張した面持《おもも》ちで席についていた。

テーブルの上には、冷《さ》めたカレー。

そして暗い沈黙《ちんもく》。

ふと、ルークは時計を見る。七時半だった。門限《もんげん》は六時なのだ。なにか特別な事情がない限り、ミルクがその門限を破《やぶ》ったりはしない子だということは、わかっている。

では……なにかがあったということに……

ラッハが我慢《がまん》できなくなったのかガタンと椅子《いす》を倒《たお》して立ちあがって、

「くそ、リーレはまだ帰ってこないのか！」

声をあらげた。いまリーレは、万が一のことを考えて、情報を集めている。あの繁華街からミルクがどのように歩き、どのように消えたのか……リーレはその道のプロだった。的確《てきかく》な情報を収集し、取捨選択《しゅしゃせんたく》し、最良の情報だけをルークに提供《ていきょう》してくれる。

リーレにまかせたのなら、あとはもう、この宿の食卓《しょくたく》で、ミルクがひょっこり帰ってきた場合にそなえて、待っていればいいはずだ。

あくまでリーレを街に放ったのは、万が一の事態《じたい》を想定してだ。もしかしたら、ただたんに遊びに夢中《むちゅう》になって、時間を忘《わす》れているのかもしれない。まだ十六歳なのだ。遊びたい年頃《としごろ》……こんな、危険な任務《にんむ》の毎日にも、休息《きゅうそく》は必要だ。ルークはそう思った。今回くらいは、大目にみてあげるから……

「なにごともなく、帰ってきてくださいよ」

ルークは小さく呟《つぶや》いた。

しかし……

扉《とびら》が開いた。

そこに立っていたのはリーレで……

「問題が起きました」

瞬間、ルークのいつも優しげに緩んでいる目が、鋭《するど》くほそまった……

話を聞いてからの彼らの動きは、速《はや》かった。いや、尋常《じんじょう》じゃなかった。普段《ふだん》のような無駄口は一切《いっさい》きかない。

リーレの話は、危険なものだった。

彼が手に入れた情報によると、ミルクが勇者組という組織《そしき》の本拠地《ほんきょち》へと入っていったというところまではわかっていた……

そして勇者組という組織の街での噂《うわさ》や、活動内容を聞いて、ルークはうなった。

なによりも聞き捨てならないのは、子供たちをいいように使っているというところだ。

さらに言うと、そこの長をしている講師シャニーが実は、ろりこんだという噂まであって……ルークはかなりの速さで駆けながら、しかし息一つ乱さず、言った。

「時間がない。ミルク隊長が、ろりこん講師の魔の手にかかる前に……迅速《じんそく》に勇者組の本拠地を占拠《せんきょ》し、場合によっては、殲滅《せんめつ》する」

『はっ！』

そんな具合で、ほんとうにひさしぶりに、彼らは自分たちの本来の能力を発揮《はっき》しはじめようとしていた……


勇者組の本拠地は、街外《まちはず》れにあった。

ぐるりと高い塀《へい》に囲《かこ》まれた、広大な敷地《しきち》。

そこに、見張りが相当数そろえられていた。ルークがざっと見ても、入り口だけで八人もの見張りが立っている。屈強《くっきょう》そうな、目つきの悪い男たち。それも、全《すべ》て大人だった。

それにルークはリーレのほうを振り返って聞いた。

「どういうことだ。勇者組は、講師のシャニーとやらが集めた、子供たちで構成された組織じゃなかったのか？」

それにリーレは怜悧《れいり》な眼差《まなざ》しをその男たちに向けながらうなずき、

「そうです。しかし、いまやそんな小さな規模《きぼ》ではなくなっています。主力のメンバーは、シャニーによって特殊《とくしゅ》な訓練を受けた子供たちですが……下《した》っ端《ぱ》のほうは、ああいった、ならずものを雇《やと》っているようです」

「なるほど。ってことは、その子供たちはとりあえずは、あの男たちよりは強いということだな……」

ルークが深刻《しんこく》そうな表情で言った。たとえ相手が子供といえども、あなどるわけにはいかないのだ。現に、彼らの隊長であるミルク・カラードは……弱冠十六歳にしてすでにルークたちよりも、あらゆる面で能力が上だ……

ただし、精神面だけはのぞくが……

まあとりあえずそれはおいといても……

ルークはじっと勇者組の本拠地を見つめた。頑丈《がんじょう》そうに塗《ぬ》り固《かた》められた黒い壁《かべ》。あの塀の中に、どれだけの戦力があるのかわからない。

自分たちの戦力を大幅《おおはば》に上回る部隊が存在《そんざい》するかもしれないし……いや、するだろう。この国の中でも、勇者組というのは、屈指《くっし》の組織なのだそうだ。もし、このなんの情報もないまま、突っ込んでいったら……

全滅《ぜんめつ》の危機すら……

だが……ルークはまわりにいる、部下たちを見まわした。リーレ、ラッハ、ムー。三人とも、同じ表情をしていた。いく気満々だ。まるで危険のことなんか考えている様子《ようす》がない。あの、いつも冷静なリーレすら、その危険についての意見をのべてこない……

それにルークは少しだけ微笑んだ。

彼らの大事な隊長が囚《とら》われているのだ。どんなに危険だろうと、関係ない。

ルークは手を軽く振り上げると、言った。

「ラッハ、ムーは左翼《さよく》から、リーレは私と一緒に。八秒後に正門を制圧する。ひさしぶりのルーク隊だ。うちの姫君《ひめぎみ》を救いだすぞ！」

『いっくぞー』

刹那《せつな》。ラッハとムーが弾《はじ》けるように消えた。任務についたのだ。それを確認《かくにん》してから、ルークも走り出す。一度右に逸《そ》れ、それから再び勇者組本拠地の正門へと駆け出して……

ぐんぐんとその距離《きより》を縮《ちぢ》めていく。見張りの男たちはまだ彼らの存在に気付いていない。

後ろでリーレがカウントをはじめる。

「四、五……」

男たちをはさんで向こう側から、ラッハとムーの姿が見える。そこでやっと男たちが彼らの存在に気付いたのか、

「な、なんだてめぇら……」

しかし……

「七……ちょうど八秒」

リーレがあくまで冷静な声でカウントを終え、それと同時に彼の腕《うで》が、見張りの男数人にぽんぽんと軽く触《ふ》れていく。途端《とたん》、どこをどうしたのか、男たちがまるで羽毛《うもう》になってしまったかのように軽々《かるがる》と宙を舞《ま》って……

「ぐぁ!?」

向こう側ではラッハが、

「覇《は》ぁ!!」

ドスンという強烈《きょうれつ》な音を立てて踏《ふ》み込み、掌底《しょうてい》を打ち込む。それを食《く》らった男は派手《はで》に後方へと吹っ飛び、後ろにいた二人の仲間を巻き込んで、地面に転がる。

ムーも大地を無邪気《むじゃき》に跳《は》ねまわって、

「えいえいえーい！　どう？　いまのミルク隊長に似てた？　似てた？」

空中をくるくる回転しながら、見境《みさかい》なくパンチやキックを放ちまくって……あっという間に八人の見張りはいなくなってしまった。

おまけに、ルークは走りながら高速で編《あ》み込んでいた光の魔方陣《まほうじん》を完成させ、

「求めるは雷鳴《らいめい》〉〉・稲光《いづち》」

魔法の稲妻《いなずま》を生み出した。それが巨大《きょだい》な門に炸裂《さくれつ》すると、門はあっさり破壊《はかい》され……そのときにはもう、彼らの姿はない。粉塵《ふんじん》にまぎれて、勇者組の敷地内に侵入《しんにゅう》したのだ。信じられない手並《てな》みだった。ルーク隊は、まるで四人で一つの生き物のように動き、そして確実《かくじつ》に目的を果《は》たしていく……

ルークを先頭に置き、一つ後ろにリーレ、そしてそれを守るような形で左右後方に、まるで羽のように広がったラッハとムーという陣形は、目の前に立ちふさがる敵を次々と蹴《け》散《ち》らしていき……その間《ま》に瞬時にリーレが戦況《せんきょう》を分析《ぶんせき》していく。この陣形をとったときの彼らを止められるものなどいなかった。あの戦場でも、あの革命《かくめい》のときも……

が！　そのとき突然《とつぜん》、彼らの目の前に、いくつもの光の円があらわれた。

そしてその中央に炎《ほのお》が生まれ、それがルークたちのほうへ放たれて、

「散開！」

瞬間、炎が爆発《ばくはつ》した。彼らは身を伏《ふ》せ、なんとかその魔法の火から逃《のが》れる。ムーが言った。なぜか感心するような表情で、

「うわぁ。イエット共和国の魔法も……意外に威力《いりょく》があるんだねぇ」

ラッハがそれに、

「ソな落ちつき払《はら》ってる場合じゃねぇだろ。こりゃ、けっこうな使い手だぞ。敵の数によったら、やばいかもしれないな」

「そーだねー。どうしよう？」

「どうしよか」

二人はルークをうかがってくる。リーレも軽く髪をかきあげると、ルークのほうを見て、

「ついに、でてきましたね。主力部隊が。不意打ちだったので、敵の姿はとらえられませんでしたが……」

だが、敵の実力はわかる。決して低くない。このレベルの使い手が十人もいれば、ルーク隊は全滅する可能性もでてくる……

ルークはいまの一撃からそう分析《ぶんせき》していた。

それほどの敵だった。ルークは、前方を見据《みす》えた。部下たちはその気配《けはい》を感じ取れなかったようだが、ルークは気がついていた。目の前に、いる。魔法で光の屈折《くっせつ》を利用して姿を消しているが、そこに、いる。

その、敵に向かって、

「さあ、でてきてもらいましょうか。それとも、こちらから攻撃しましょうか？」

ルークは言った。すると、その気配が反応《はんのう》した。魔法の展開をやめ、不自然に歪《ゆが》められ

ていた光が、再びもとに戻っていく。

徐々《じょじょ》にその敵の姿が見え始めて……

そして。

「……な、なんなんだあれは……」

ルークたちは、その敵の姿に、思わずそんな声を漏《も》らしていた。

それは、信じられない光景だった。

そこにあらわれた敵は……

十七歳くらい……ラッハとムーの二人とあまり年齢《ねんれい》が変わらないくらいの、女だった。

なにを考えてそんな色に染《そ》めているのか、まっピンクのショートの髪。そのピンクの髪にはそぐわない、黒い瞳《ひとみ》。弾《はじ》けんばかりの笑顔は、微妙《びみょう》に営業スマイルのようなプロっぽさが感じられ……そして着ている服は……

頭には奇妙《きみょう》なうさぎ耳をつけ、異様にカラフルな服には、かわいらしいぽんぽんがいくつもついている。手には両端《りょうたん》にハートがついたステッキが携《たずさ》えられており……

そんな、いまどき五歳児だって着るのを恥《は》ずかしがりそうな服を、彼女は全身に装備《そうび》し、ステッキをくるくると鮮《あざ》やかにまわすと、

「勇者組、魔法少女科第一期生、魔法少女プリチーメルル参上！　みんなの平和を乱す悪

い子ちゃんは、あたしのミラクルラブリーステッキで、おしおきしちゃうぞ☆」

そんなことを言って、ポーズ……

決め!!

なぜか不自然な格好《かっこう》で指差してくるプリチーメルルとやらを、ルークたちは呆然《ぼうぜん》と眺《なが》めて……

ラッハがふと言った。

「……い、いいのか？　あいつの人生……あんなんでいいのか？　あいつ、俺らとそう、年変わらなそうなのに……」

「…………」

しかし、その言葉に答えるものは、誰もいなかった。そのまま、しばらくむなしい沈黙《ちんもく》が流れて……

すると再びメルルはステッキをくるくるまわしはじめて、

「えっと。魔法少女プリチーメルル参……」

『やりなおすのかよ！』

ルークたちは思わず突っ込んでいた。

それからルークは頭をぶんぶん振って、

「ああ違《ちが》う！……こんなことに関わりあってる暇《ひま》はないんだ……そ、そうだ。ミルク隊長だ。隊長はどこに……」

が、そこでまた、別な方向から声が響《ひび》いて、

「やぁ！　困《こま》っているようだね。迷《まよ》える愚民《ぐみん》どもよ！」

「は？……なにものだ？」

ルークたちが振り向くと、そこには一人の男が立っていた。綺麗《きれい》に整《ととの》えられた——やはりどういう了見《りょうけん》で染めたのかわからない——緑の髪。美形といえる目鼻立ちには、自信満々の笑みが浮《う》き、そして着こんでいる鎧《よろい》は……虹色《にじいろ》だった……

そのあまりにどぎつい色合いに、ルークたちはまた呆然として……

ムーが言った。

「すっげー!!　なんだあいつ。カラフルすぎて目がちかちかしちゃうよ。あ、それが目的の鎧かな？　目くらましに使うとか」

「ぜってー違うと思う」

ラッハがうめくようにぼそりと言った。

とそこで、その人間虹色男は、唐突《とうとつ》に悟《さと》りを開いたような顔で手を振り、

「いやいや、なにも言わないでくれ。君たちの考えていることは、顔を見るだけでわかる

よ。その不安。その悲しみ。明日は学校があるけど、全然いく気にならねぇよというその脱力感《だつりょくかん》。もう君たちも気がついているだろう。全ては魔王復活の前兆《ぜんちょう》。そうなのだ！　世界はいま再び、危機に瀕《ひん》している！」

「へ？　ってどういうつながりでそんな……」

が、虹色男はさらに首を振ってそのルークの言葉を遮り、

「ああ、ああ、みなまで言うな。僕には全てお見通しなんだよ。だが、安心しなさい。この救世の勇者シャニーがいるかぎり、悪の思うようにはさせない!!　さあ、不安を独りで抱《かか》えるな少年たちよ！　将来《しょうらい》への不安は、我《わ》が勇者組に入れば全て解決だ！　僕とともに世界を救おうじゃないか！」

そんなことを叫《さけ》び、シャニーと名乗った男は輝《かがや》くような笑顔で手を差し出してくる。

それに、ルークたちは思わず一歩あとずさった……

シャニーの陶酔《とうすい》しきった顔。どこか遠いところを眺めちゃってるような目。

そしてまるで脈絡《みゃくらく》のない言葉。

一目でわかった。

危険だ。

危険すぎる。

おまけにこの男はろりこんだというのだ……

こんな男に、ミルクが人質にとられてるのだと思うと……

「おまえがろりこんシャニーか。ミルク隊長はどこにいる⁉　もし隊長になにかあったら承知《しょうち》しないぞ！　隊長の監禁《かんきん》を解《と》け！」

ルークはいつになく取り乱《みだ》して叫んでいた。

その後ろでリーレが、

「ルーク先輩。あまりこちらから物欲しげにすると、交渉《こうしょう》をうまくすすめられません」

言ってくるが、そんな状況ではないのだ。もうすでに、ミルクは変態《へんたい》ろりこん男の魔の手にかかっているやもしれ……

が――シャニーはルークのその言葉に、

「ん？　ミルク君を知っているのかい？　しかし、ろりこんとは人聞きが悪いな。僕はミルク君を監禁などしていないよ。ミルク君は、自分の意志でここにとどまっているのだ」

『へ？』

その言葉に、思わずそんな間抜《まぬ》けな声をルークたちはあげた。そのままラッハが、

「ンな馬鹿《ばか》なことがあるわけねぇだろうが。隊長が、俺らになにも言わずに、そんな勝手なことするわけが……」

が、そこでシャニーは眉《まゆ》をひそめ、

「ああ、なるほど。ということは、君らがミルク君が言っていた、部隊の方たちですか。しかしおかしいな。それだったら、伝言がいってるだろう？　『ミルク君がしばらくこの勇者組に滞在《たいざい》するので、お手数ですがこちらに出向いてもらえないでしょうか』という内容の伝言を魔女っ娘《こ》メルルに届《とど》けさせたんだが……メルル。これはどういうことだ？」

するといつも相変わらず決めポーズのまま微動《びどう》だにしていなかったメルルが……

「えー？　ちゃんとメルル届けましたよぉ？　この間街の路地裏《ろじうら》で拾った、魔法野良猫《のらねこ》ミュミュちゃんに手紙をくわえさせてみたら、にゃーっていって駆けていったし……間違いなく届いてるはずで……」

『届くかっ!?』

メルルが言い終わる前に、またもルークたちは同時に突っ込んでいた。しかし、シャニーだけは深刻《しんこく》な顔でうなずいて、

「なるほど。それなら間違いなく届いているはずだな。それとも魔法野良猫になにかあったか……」

「ミュミュに!?　まさか魔王が再び復活したのでは……」

「その可能性は十分考えられる」

『…………』


魔王って誰だよ？

という突っ込みをいれられるほどの気力は、もう誰にもなかった……

それはともかく、いまの話によると……

リーレが言った。

「しかし、よかったですね。ミルク隊長には、なにごともなさそうで」

ムーも、

「考えてみれば、ミルク隊長がそうそう簡単《かんたん》に拉致《らち》されたりするわけないですもんね」

ラッハも、

「はぁ。心配して損《そん》した。誰だよ手遅れになる前に助けなきゃ！　とか言い出したのは」

みんな安堵《あんど》の表情だった。

ルークもそんな仲間たちを見て、やっと笑顔をとりもどすと、

「でも本当に、手遅れにならなくてよかったよ。はぁ。こんなに心配させて。ここは一つ、ミルク隊長にお説教しなきゃいけないな」

「えールーク先輩、できるんですか？　いっつもすぐに甘やかしちゃうんだから」

「う～ん。そこが問題なんだよなぁ。ミルク隊長は、かわいいからなぁ……」

それに、うんうんとうなずく部隊の面々。

結局、四人とも親ばかなのだった……

そこでリーレが、

「じゃあ、そろそろ、ミルク隊長に会いにいきま……」

しかし……そこで急に、リーレの言葉がとまった。

ルークも、目の前にあらわれたそれを見て、呆然と……

「そ、そんな……」

呟《つぶや》く。

彼の目の前には、一人の少女がいつのまにやら立っていた。

十六歳くらいの少女。なぜか異様《いよう》に自信満々な表情。ふわふわのうさぎ耳をつけた亜麻色のポニーテール。くりくりのお目目は必要以上にきらきら輝いて……小柄な体にはカラフルなぽんぽんつきドレス。手にもった星つきステッキを振りまわして、

「じゃっじゃーん！　みんな見て見て！　魔女《まじょ》っ娘《こ》プリチーミルクとーじょー！　いえーい♪　まっまっまほーのくにーから、かわいい娘《むすめ》がやってきたー！　プリチー!!　いえーい☆　ラブリー!!　いやあぁああん♡」

メルルよりもさらにイっちゃってるテンションで、魔女っ娘になりきるミルクを見て

……シャニーは満足げにうなずいた。

「おお。やっと完成したな。やはり僕の目に狂いはなかった。あの天然《てんねん》もののおしゃまな表情。そしてその裏に隠《かく》れる、恥ずかしげもなくポーズを決めてくるプロ根性。彼女は千年に一度、でるかでないかの魔女っ娘だ!!」

さらにはメルルがそんなミルクの姿を、悲しげな、しかしどこか嬉《うれ》しげな表情で眺め、

「……負けたわ。完敗《かんぱい》。あなたならこのすさんだ魔女っ娘業界を変えることができるかもしれない。頼んだわね。プリチーミルク」

「うん！　ミルクがんばる！　まっまっまほーのくーにから！」

などなど、再び歌い始めるミルクに、どさっとルークは地面に膝《ひざ》をついた。

そして、

「て、手遅れだった……」

ルークは呆然と呟く。

そんな彼の目の前で、勇者シャニーが、なぜか異様にシリアスな表情で、

「それじゃあ、ミルク君。無事君の魔女っ娘転職が成功したところで、君が言っていた、例の男の話を聞かせてもらおうか」

それに、ミルクも神妙《しんみょう》な顔でうなずいた。

「え？　あ、ライナのこと？　えへへ。うんとねー子供のころに私と結婚《けっこん》の約束したんだけどねーでもねー……急に逃げ出して！　あの美人なだけの女といつも一緒にいて！　でもでも、絶対騙《だま》されてるだけだと思うから私の魔法でぼかーんとやっつけちゃうの!!」

それにシャニーはさらに深刻な表情で、

「どう思うメルル。こんなまだ子供のミルク君と結婚の約束をしたあげくに、さらには美人の女といつも一緒だという……これは」

それにメルルはうなずいた。

「魔王ですね。魔王といえば、婦女子をたぶらかし、不必要と思えるほどスタイルぼんきゅぼんの女を両隣《りょうどなり》にはべらせてるものです」

「そのとおりだ！　ま、まあ。僕的には、スタイルぼんきゅぼんより、十三歳くらいのかわいい少女を魔王ははべらしているものだと思うが……いやとにかく、まだ四、五歳だったころのミルク君と結婚の約束をするだなんて……そんなうらやましい奴を生かしておけば世界は暗闇《くらやみ》に包《つつ》まれてしまう！　魔王は復活した。さあ、いまこそ立ちあがるときだ！　いくぞメルル、ミルク君！」

『おー!!』

と叫んで、駆け出すミルクたち。

それを呆然と見送るルークたち。

そして次回。

『魔王ライナの復活』の巻に……続くのか？

ちなみにそのころ魔王ライナはといえば。

「うぁ、わ、わかったから!!　その剣をどけてくれ。死んじゃう。まじで俺死んじゃう」

「うむ。むしろ私は殺すつもりで」

「だから殺すなよ！　って、もう俺、こんな人生嫌《や》だ……」

復活前にすでに、殺されかけちゃってたりするのは、なぜだろう……？

（ちーむ・ぶれいぶす［前編］：おわり）

ちーむ・ぶれいぶす［後編］

暗めの照明《しょうめい》。

喧騒《けんそう》に包《つつ》まれている酒場《さかば》。

その片隅《かたすみ》のテーブルで、ライナ・リュートは、あいかわらず突《つ》っ伏《ぷ》していた。

いつ見ても整《ととの》えられた様子《ようす》のない、寝癖《ねぐせ》のついた黒髪《くろかみ》に、万年眠《ねむ》そうな黒目。

そして、

「ああ、眠いなぁ……」

なんていつもの発言をする彼が、眠くなかったためしが一度でもあるのだろうか？

そんな彼に、

「ねえあんた。暇《ひま》そうだねぇ」

突然《とつぜん》声がかけられた。

艶《つや》っぽい、女の声。

ライナはそれにほとんど首を動かさず、目だけを向けて、

「んー？」

するとそこには、妙《みょう》に露出《ろしゅつ》の激《はげ》しい服を着た、女が一人立っていた。胸元《むなもと》が大きく開いた赤いドレス。スカートもその機能をなしてないんじゃないかと思えるほど短い。

肩《かた》で切りそろえられている金色の髪は、その色を出すために繰《く》り返し何度も染《そ》めたのか、妙にくすんでしまっている。

年のころは二十歳《はたち》そこそこくらいだろうか。頬《ほお》に赤い紅《べに》を差していて……

その女は、

「あたしはレイシャってんだけどさ……これからあたしと、どう？　あんた、けっこういい男だから、サービスしちゃうよ。一人寝は寂《さび》しいだろう？」

そんなことを言ってくる。

ライナはそれに、やはり気だるげに、

「あ〜、それはそのぉ……やっぱりそういうこと？」

するとレイシャは艶美《えんび》な微笑《びしょう》を浮《う》かべて、

「男と女が一緒《いっしょ》になって、他《ほか》になにするってのよ。まあ、安かないけどさ、そこは、あたしもまだ若いからってことで。それにこう言うのもなんだけど、けっこういけてるだろう？」

そういうことらしい。

確《たし》かによく見れば、彼女はこんな荒《あら》くれ男たちしかいないような酒場にはそぐわない、整った顔立ちをしていた。

だが……ライナはまるで気のない声音《こわね》で、

「悪いな。他をあたってくれ」

「つれないねぇ。あたしじゃ気に入らないってのかい？」

「いや……そういう問題じゃな……」

と、ライナがそこまで言ったときだった。

酒場が突然、静まり返ったのは……

酒場の扉《とびら》が開き……

一人の女が入ってくる。

きらめく長い金色の髪に、信じられないほど綺麗《きれい》な容姿《ようし》。切れ長の澄《す》んだ青い瞳《ひとみ》。

そこにいたのは、絶世《ぜっせい》の美女だった。

誰《だれ》が見ても、文句《もんく》など出ないだろう。彼女のその姿は、人間離れしていた。

唯一《ゆいいつ》欠点があるとすれば、妙に顔に表情や愛想《あいそ》といったものが欠《か》けているところだが
……それも、彼女くらいのレベルになると、神秘的《しんぴてき》の一言で片付いてしまう。

その美女が、颯爽《さっそう》とした足取りで一直線にライナのもとまでやってきて、

「………………」

それから、そのそばにいた、レイシャを青い瞳で見つめる。

その視線にレイシャはびくっと震《ふる》え、それから自嘲気味《じちょうぎみ》な笑《え》みを浮かべて、

「なんだい。こんな綺麗な恋人と待ち合わせをしてたんじゃあ、そりゃ、あたしみたいな商売女についてくるわけないよねぇ」

言った。

しかし、それに美女は一瞬《いっしゅん》目を細め、それからいまの言葉は心外だとばかりに首を振《ふ》ってから、

「おまえはなにを寝ぼけたことを言っているのだ。私がこの男とそんな関係にあるわけがないだろう。この男がどんな男か、おまえは知っているのか？」

瞬間、美人がなにを言おうとしているのかライナは気付いて、

「おいフェリス。またおまえはあることないこと……ってか、ないことないこと俺《おれ》の噂《うわさ》を……」

しかし、フェリスはやはりいつもどおりライナの言葉なんか完全に無視して、

「この男はありとあらゆる酒場に出没《しゅつぼつ》しては、声をかけてきた女を連《つ》れ帰り、拷問《ごうもん》部屋に監禁《かんきん》したあげくにあんなことやこんなこと……な、なに⁉ そんなことまで⁉」

と、無表情のくせになぜか赤らめた顔を両手でかわいらしく押さえたりして、ひとしきり盛りあがってから、

「……とまあ、とにかく、想像もつかないような不埒《ふらち》なことをしたあげくに、殺してしまうような伝説の異常者なのだぞ？　そんな男と、私が恋人同士なわけがないだろう」

なんて嘘《うそ》を、なんの躊躇《ちゅうちょ》もなく言い放つ。

それにライナはあきれ顔で、

「いやもう、毎度のことながら、どうしてそんな嘘がぽんぽん出るかね……まあ、さすがにそんなことを信じる奴《やつ》は……」

が、そこでレイシャが顔面を蒼白《そうはく》にしてがたがたと震えながら、

「そ、そんな……こんなさえない男さえそんな異常者だなんて……だ、だから、こんな仕事は嫌《や》だって言ったのに……旦那《あいつ》が無理矢理《むりやり》……あ、あたし、やっぱり故郷《くに》に帰ります！

そして一からでなおします！」

するとそれにフェリスは満足《まんぞく》げな表情でうなずいて、

「うむ。そうするがいい。そしていま味わった恐怖《きょうふ》を忘《わす》れてはいけない。凶悪《きょうあく》異常者ライナ・リュートの逸話《いつわ》は……」

それにレイシャがうなずいて、

「はい。子々孫々《ししそんそん》にいたるまで語《かた》り伝《つた》えていくつもりです。あたしや、そして家族に、二度と間違《まちが》った人生を歩むものがでないように……」

「ん。では、もういけ」

「ありがとうございました」

レイシャは頭を深々《ふかぶか》と下げて、そして駆《か》け去《き》っていく。

その後ろ姿を見送るフェリス。

そして、なぜか酒場全体から拍手《はくしゅ》があがったりして……

「……どういうまとめかただよそれ……」

理解不能の光景に、ライナは一人取り残され気味に呟《つぶや》いた……

すると、フェリスはこちらを振り向いてきて、

「な？」

「な？　じゃねぇよ！」

「ん？　なんだ、あの女とどうにかなりたかったのか？　なるほど。ということは、おまえのあの気のなさげな態度《たいど》は、値下げ交渉《こうしょう》だったのか……」

「…………いや、なんでそういう話になるんだよ……」

「ふむ。それもそうだな。どうせ殺してしまうのだから、値下げ交渉の意味はないしな」

「…………はいはい。もうそれでいいや」

なんて会話を二人がしているときだった。

酒場の店主が、二人分の飲みものと、食事を運んできて、

「あ、あ、もちろんお代は結構《けっこう》ですから。店からの気持ちです。召《め》し上がってください」

と、ライナが突っ伏している横のテーブルに、料理を並《なら》べ始める。

最近では、夜、ここで夕飯をもらうのが、ライナたちの日課になっていた。

というのも数日前、ライナたちが情報収集をするためにこの酒場を訪《おとず》れ、そして荒くれどもを全員ぶっとばしてしまったせいか……

それ以来なぜか、ライナたちがくるたびにびくびくしながら、店主が料理をだしてくれたりしていて……

ライナは少しだけ困《こま》ったような顔で、

「しかし、まずいよなぁやっぱ。こんな、タダで飯食わせてもらって……」

それにフェリスが首をかしげて、

「ん？　なにか問題があるのか？」

「……あるのか？　っておまえ……少しは良心がとがめたりしないのか？　これじゃあまるで、たかりだろ」

「ふむ。なるほど。おまえの意見はわかった。ところでおまえがいま手に持っているチキンは、なに味だ？」

「あ？　これか？　なんだろ。けっこううまいよ。この店はどの食いもんもそれなりの味してるよな」

「うむ。これでだんごも出れば、言うことなしなんだがな」

「あ、なら俺は肉じゃがが食いたいな。なんか、ああいう家庭料理みたいなのは、キファがいなくなって以来全然食ってないしなぁ。肉じゃがねぇのかな」

……………良心の話は？

という突っ込みを入れるものは、誰もいなかった……

それはともかく。

そんな彼らが次々とテーブルに並んだ料理を片付けているときだった。

再び、酒場の扉が開いた。

そして黒いスーツを着こんだ男たちがあらわれる。

その中央には、まだ十二、三歳《さい》くらいの、少年が一人。綺麗な黒髪に利発そうなつり気味の黒い瞳。そして巫女《みこ》の服のようなものを着こんだ美しい少年に、ライナは見覚《みおぼ》えがあった。

ヴォイス・フューレルだ。

ここイエット共和国でも一、二を争う巨大組織《きょだいそしき》、フューレル一族《グループ》の総帥《そうすい》……

ライナはそれを見て、

「って、まぁたあいつ、今度はなにやってんだ」

しかしヴォイスのほうは、ライナたちには気付かない様子で酒場の店主を見つけると、子供《こども》らしい無邪気《むじゃき》な微笑《ほほえ》みを浮かべて、

「やあ、ポールナさん。最近調子はどうですか？」

すると店主はどこか怯《おび》えた表情で応《こた》えた。

「え、あ、いや、なんとかやってます」

「そうですか。それはよかった。では、例のものは、大丈夫《だいじょうぶ》ですよね？」

「そ、それはその……やっぱり厳《きび》しいですよ。毎月毎月、あんなにたくさんお金を持っていかれたら、やっていけません。どうか、どうかご慈悲《じひ》を……」

泣《な》きそうな顔で言う。

するとヴォイスはそんな店主に優《やさ》しげな表情で、

「なにを言っているんですかポールナさん。我がフューレル一族《グループ》のモットーは、『慈善《じぜん》と友愛』ですよ？　どこよりも、慈悲深い組織なのです。だから、そんなに頼《たの》み込まなくても、慈悲の心くらいいくらでも見せますよ。あ、ところでポールナさんは、もちろんうちのモットーである、『慈善と友愛』の正しい意味は、ご存知《ぞんじ》ですよね？」

その突然の問いに、

「へ？……あ、ああもちろんです。慈善は、他者への憐《あわ》れみの心ですよね？　でもって、友愛は……やっぱり友人やなんかへの、情でしょうか。まあ、辞書を見たわけじゃないので、確かなことは言えませんが……」

しかし、それにヴォイスは、急に顔をしかめた。そして情けないとばかりに首を振ると、

「あれあれ、これは困りましたねポールナさん。あなたまで、『慈善と友愛』の正しい意味をきちんと理解していただけてないとは」

「あう……ま、間違ってましたか？」

それにヴォイスは重々《おもおも》しくうなずいて、

「まあ、ニュアンスの違い程度《ていど》ですけどね。でも、その微妙《びみょう》なところが大切なんです。とくに最近の若い人たちなどは、きちんとした言葉を使えない方も増《ふ》えてますからねぇ。なんでも略《りゃく》したり、今風にしたりするのは、堕落《だらく》につながると私は思うんですよ」

なんてことを、まだ十三歳のヴォイスが言う。

しかしその言葉に、妙に店主は感心したような様子でうんうんうなずいて、

「わかります。そうなんですよ。ほんとに最近の若い奴らときたら、軟弱《なんじゃく》なうえに、まともな言葉も喋《しゃべ》れやしない。うちの十五になる息子《むすこ》も、親父《おやじ》ダセェよとか言いやがって」

「そうでしょう？　やはり、正しい言葉を使うことから礼儀《れいぎ》や秩序《ちつじょ》が生まれてくるのです。ですから、私たちのモットーとしている『慈善と友愛』の本当の意味をみなさんに知っていてもらうことが、いかに大切なのかがおわかりいただけたでしょう。

この乱れきった世の中、大人《おとな》の私たちが正しい言葉を使うことでこそ、若い人たちにしめしがつくというものでしょう？」

「そ、そうですね。では、『慈善と友愛』の、正しい意味を教えてもらえるでしょうか？」

するとヴォイスはにっこり笑って、

「もちろんそのつもりです」

言ってから、かたわらにいた、大胸筋《だいきょうきん》が弾《はじ》けんばかりの黒服マッチョ男に、

「じゃあ、ボーカス。こちらの方に、『慈善と友愛』という言葉の正しい意味について教えてあげなさい」

そう命じると、ボーカスと呼ばれた大男が突然、拳《こぶし》を振り上げた。

瞬間！

ドゴオオオオオオオオオン！

店の、木製のカウンターの一部が、その拳によってあっさり砕《くだ》けちる。

とんでもない怪力《かいりき》。

そして、

「おらぁ！　がたがたぬかしてないで、てめえらは金だしゃいいんだよ!!　めきめきに三つに折りたたんでぶっ殺されてぇのか!!」

それはもう、声ではなく、腹の底から震えがくるような、轟音《ごうおん》だった。

一気に店が静まり返る。

誰もが恐怖《きょうふ》と驚《おどろ》きの表情でヴォイスと、ボーカスというマッチョ男を見つめて……

その視線を全《すべ》て受けとめ、ヴォイスはにっこりと微笑《ほほえ》み、

「さて、みなさんに、『慈善と友愛』という言葉の意味がおわかりいただけたところで、いまからこの袋《ふくろ》を持ってまわります。そしてこの袋は、みなさんの旺盛《おうせい》な『慈善と友愛』の精神で満たされることでしょう」

瞬間、彼の表情ががらりとかわった。暗い微笑み。そして、

「みなさんの身の安全のためにも、袋が満杯《まんぱい》になることを望みますよ」

悪魔《あくま》の笑みだった……

ライナはそれにもう完全にあきれた表情で言っていた。

「いや……もう、突っ込みどころもわかんねぇな」

ヴォイスはそのまま袋を持って店を回る。みな、絶望《ぜつぼう》と恐怖の表情で、この年若い悪魔

の袋に金品を入れていき……

　やがてその袋はライナのもとまでまわってきて……

「で、俺にこれに金を入れろと？」

　ライナは半眼《はんがん》で言った。

　それにヴォイスは、

「それで安全が買えるんですから安いもので……って、あなたは……」

　驚いた口調《くちょう》で言ってから、急にライナから顔をそむける。そして突然、手に持っていた袋を放《ほう》り投げると、急に笑顔になって、

「なぁんだライナさん、見ちゃいました？　恥《は》ずかしいなぁ。そうなんですよ。私たち、フューレル一族《グループ》は『慈善と友愛』の組織ですからね、困っている人を見ると、ほうっておけないんですよ」

　なんて、いつものセリフを吐《は》く。

　ライナはそれにさらにあきれきった顔で、

「なにをどうすれば、そんなセリフが出てくんだよ。どう見たっていまのは、『弱い奴を脅《おど》して金を儲《もう》ける凶悪組織の図』だろが」

　しかし、ヴォイスはそれに一点の曇《くも》りもない、そして悪気もない笑顔で言ってくる。

「いえいえ、誤解《ごかい》をしてもらっては困ります。私たちは彼らを救《すく》っているんですよ。自分の財産《ざいさん》をなげうつことによって得られる、精神的解放感。そして成長。現代の人間は、物や財産といった、意味のないものに縛《しば》られ過ぎている。そうは思いませんか？」

「だからおまえらが奪《うば》うって？」

「いえいえ、もちろん先ほどのお金は、お返しするつもりでしたよ」

「ほう……そのわりにはおまえの後ろにいる、ボーカスとか言ったマッチョ男が、あわてて袋を懐《ふところ》に入れたように見えたのは、俺の気のせいか？」

がしかし、そのライナの言葉に、

「気のせいです」

ヴォイスは言いきった。

さらにライナが、

「ほぉ……袋が大き過ぎてスーツの懐がもう、妊婦《にんぷ》のように膨《ふく》れ上がってんのも……」

「幻覚《げんかく》でも見てるんですか？　薬はほどほどにしておかないといけませんよ」

「………………」

それにあきれはてて半眼のライナは無言。

そのまましばらくの沈黙《ちんもく》が流れて……

と、そこでヴォイスは急に悲しげな表情で首をフリフリし、なぜか口許《くちもと》をグーにした両手で押さえた、女の子っぽいしぐさで言った。

「んもう、ライナさんにそんな誤解受けてるだなんて……ヴォイス、悲しい」

それにライナは一言。

「きもいからやめろ」

「あ、あ、そんなこと言うんですか。健気《けなげ》な十三歳の少年が新しいキャラに挑戦《ちょうせん》してがんばってるのに、そんな突っ込みですか。そうですか。そうやって大人たちの身勝手《みがって》が、子供をグレさせるということも知らないで」

「ああもううっさいわ！　どうせはなっから金返すつもりなんてないんだろ!?」

「あ、よくご存知で。まあ、愚民《ぐみん》どもに金をもたせておいても、ロクな使い方できないでしょうからね。お金というものは、フューレル一族《グループ》のような、『慈善と友愛』に満ちた組織が持ってこそ、憐《あわ》れな愚民どもを救うことができるのです」

なんてとんでもないセリフを平然と言い放つヴォイス。

それにライナは、

「……あ〜……えーと……」

なにか言おうとして、しかし、あきらめたように首を振ってため息《いき》をつくと、

「はぁ……まあ、もう、それでいいや。とりあえずじゃあ、金持って消えろって。おまえにかかわるといっつも、ロクなことになんねぇんだから」

しかし、それにヴォイスは急に笑顔に戻《もど》って、

「そのことなんですが、ライナさん。折り入って頼《たの》みが……」

「ああああきやがった⁉　今度こそ頼まれないぞ！　もうその手には乗らないからな。あ、フェリスをだんごで釣《つ》ってもだめだぞ。おいフェリス。いままでこいつの依頼《いらい》を受けて、一度でもだんごにありつけたことあるか？」

「ん？」

それに、フェリスは一瞬考え込んでから、

「ん。そういえば、まだないな。例の仕事の支払《しはら》いもされていないし」

「よし！　勝った！　そういうわけだヴォイス。これでもう俺は怖《こわ》いものなしだ。フェリスさえ説得できれば、おまえの依頼なんていつでも断《ことわ》れるんだからな」

するとヴォイスはそれに、やはり無邪気《むじゃき》な笑顔のままうなずいて、

「もちろん、私たちだって、無理強《むりじ》いをしたりするつもりは毛頭《もうとう》ありませんよ。なにせ、『慈善と友愛』の組織なんですから。では、話だけでも、聞いてくださいますか？」

しかしそれにもライナは、

「それもだめ。どうせおまえからの依頼なんて受けないんだから、聞く必要ないだろ」

が、

「そうですか。聞いてくれますか。さすがライナさんは優しいなぁ」

「だから、聞かないって言って……」

「それがですね、ライナさん。頼みたいというのは、他でもありません」

「……だから俺の話を……」

「あれが生まれたのは、確か雨の日でした」

「……ああ、もういいや……」

そんなこんなで、結局ヴォイスの話は始まったのだった。

「ライナさんは、勇者組という組織は知ってますか？」

それにライナはフェリスと顔を見合わせて、

「ああ、知ってるよ」

答えた。

勇者組というのは、勇者伝説を追っているライナたちが、途中《とちゅう》でぶつかった言葉だ。

それを調べるためにこの酒場をシメて、情報を聞き出したのだが……

なんでも、魔王《まおう》を倒そう！　だの、世界を救う勇者になろう！　だのといういまいちわけのわからない広告によって子供たちを集めて訓練《くんれん》し、組織の兵隊《へいたい》にしたてあげて最近一気にここイエット共和国で、その勢力《せいりょく》を拡大《かくだい》してきた組織の一つらしい。

まあ、聞けば聞くほど、ライナたちが追いかけている勇者伝説とはまるで関係がなさそうなので、そのままほっぽってあるが……

ヴォイスが続けた。

「その勇者組が問題なんです。というのも、勇者組の創始者《そうししゃ》にして頭目《とうもく》であるシャニー・マリベルという男は、フューレル一族《グループ》人材育成所が長い時間をかけて育て上げた、『組織管理能力』『人心操作《そうさ》能力』のエキスパートだったのです。やがて彼は裏でフューレルの管理を一手に引きうけるようになり、先代である私の父が息を引き取る間際《まぎわ》に『おまえの力でフューレルを……ヴォイスを助けてやってくれ』なんてことを言われるほどまで、私たちとの信頼《しんらい》関係も築《きず》かれ、仲良《なかよ》くやってきました」

そんな話。

しかし、ライナはまるで興味《きょうみ》なさそうな顔でテーブルに置いてあった飲みものを飲みながら、

「あ〜とりあえず何度も言っとくけど、俺たちは頼まれてもなにもしないからな？」

「ええもちろん。聞いていただくだけで十分です。では話を続けますが……

それが……確かそう……あれは、雨の日のことでした。私には好きな女の子ができたのです。ときおり見えるうなじが妖艶《ようえん》な、十歳の少女でした」

「どんな十歳だよ……」

というライナの突っ込みは無視され、

「そして私は権力にものをいわせてすぐに彼女をモノにしました。ああ、彼女と過ごしたあの頃《ころ》……私は次々と鬼《おに》ごっこをしたり、かくれんぼをしたりと、プレイボーイの限《かぎ》りを尽《つ》くし……」

「ずいぶんかわいいプレイボーイだなぁ」

というライナの突っ込みは当然……

ヴォイスは続ける。

「しかし、その彼女のことを、シャニーも好きだったのです……」

それにライナが、

「ああ……恋愛《れんあい》のもつれか……よくある話だなぁ……それも、確かその取り合いになってる女の子って十歳なんだよな？　ってことは、シャニーって奴は、おまえと同年代なのか……ったく、最近のガキどもは、どうしてこう、ませてんのかね」

なんて、ちょっと老《ふ》けこんだ発言をする。

が、ヴォイスはそれに首を振ってあっさり、

「いえ、シャニーは今年で二十五ですよ？」

「………………へ？」

思わずライナがそんな声をあげる。

しかしヴォイスはそれをまったく無視して、

「シャニーは昔から趣味《しゅみ》がよかったですからね。私と妙に好みの女の子がかぶるのです。『十四歳以下の女の子じゃなきゃ反応《はんのう》しないんだよ！』と叫《さけ》びながら街中《まちなか》を走っているのを見たこともありますし『八歳、ポニーテールの女の子とお医者さんごっこ、これが最高！』と叫んでいるのも見たことがあります。まあ、私に言わせれば、年上の女性も魅力《みりょく》がありますし、お医者さんごっこなんていう、子供の遊びに魅力は感じませんがね。そんなわけで、勇者組というのは、そんな彼の好みの子供たちを集めるハーレムなのです」

なんてことを言う。

ライナはといえばそれに呆然《ぼうぜん》と、

「なんか……変態《へんたい》を極《きわ》めたような奴だなぁ」

するとその横で、どこから取り出したのか、いつの間にやらだんごをぱくついていたフェリスが、

「うむ。ライナ、どうもそのシャニーという男は、おまえと同種の人物のようだな」

「ああ!? どこがだよ!」

「ん。マスターオブ変態色情狂《しきじょうきょう》で、おまけに犯罪者《はんざいしゃ》なところに決まっているだろう」

と、淡々《たんたん》と返してくる彼女を、

「あー、そのー、くそ！ ま、まあいいや」

いろいろな葛藤《かっとう》のあげく、とりあえず無視しておいて、ライナはヴォイスに言った。

「とりあえず念《ねん》のためにもう一度言っとくけど、俺はそんなやばい奴にかかわる気はまったくないからな?」

「わかってますって。しかし私たちは、彼をほうっておくことはできません。言ってみれば身内の暴走《ぼうそう》ですからね。いまや勇者組は、フューレル一族《グループ》、そして私の姉《あね》がやっている、聖女《せいじょ》エステラ信奉会《しんぽうかい》に次《つ》ぐ第三の勢力にまで成長し、私たちのなわばりを荒らし始めました。これはもう、ほうっておくことはできません」

「ってか、迷惑《めいわく》このうえないのは、全部おまえの身内じゃねぇかよ……」

というライナの突っ……省略《しょうりゃく》。

ヴォイスが続ける。

「で、イエット共和国にきてすぐ、一夜にして大盗賊団《だいとうぞくだん》を壊滅《かいめつ》させてしまったライナさんたちに、勇者組の奴らを始末《しまつ》していただこうと思っていたのですが……ライナさんたちは、今回の依頼、受けていただけないんですよね？」

それにライナは、

「あたりまえ」

フェリスは、

「うむ。今日はこのだんごに忙《いそが》しいからな」

それにヴォイスはうなずいて、

「では、仕方《しかた》ないですね。あなたがたがそう言うと思って、自分で解決するため、すでに私は、勇者組の調査《ちょうさ》をはじめていました」

「お、いい心がけだな」

「はい。しかしそれで、奇妙《きみょう》なことがわかったのです。勇者組のほうも、なぜかライナさん。あなたのことを捜《さが》しているようで」

「はぁ!?　ちょ、ちょっと待て。なんでそうなる？」

「さぁ。それはわかりませんが……私もあわてました。これは、親友であるライナさんの一大事だと。で、私はあるスゴウデの情報操作屋を雇《やと》って、勇者組に放ちました。『ライナ・リュートはシャニー顔負けのろりこん変態野郎《やろう》で、街の幼女《ようじょ》たちを次々とモノにしている……』と。そしたらもう、シャニーときたら怒《おこ》って怒って、いまや怒り狂《いかくる》ってあなたを捜していると、まあこういうわけです。おかしいでしょう？」

「おかしくねェ!!」

ライナは思わず叫んだ。

が、ヴォイスは、

「まあ、そういうわけで、私があなたに依頼せずとも、シャニーは襲《おそ》いかかってくるでしょうから、そのときはひとつよろしくお願いしますということで」

「…………おまえ、いつか殺……」

しかし、ライナが言い終わる前に、

「あ、それにフェリスさん。勇者組への情報操作をしていただいた代金は、そのだんごでよろしかったでしょうか」

「うむ。なかなかにうまい。やはりおまえは茶の湯の心を持っているな。こうしてきちんと報酬《ほうしゅう》を支払ってくれるのなら、今後もおまえからの依頼は受けよう」

「ありがとうございます」

なんて会話が交《か》わされていて……

ライナはもう、怒りを通り越してただ呆然と、

「…………神様、もう許《ゆる》して……」

ほとんど絶望《ぜつぼう》したような声で呟《つぶや》いた……

そのときだった！

またも酒場の扉が開かれ……

そこには、一人の男が立っていた。

その男の姿を見た瞬間、ライナは呆然《ぼうぜん》と口を開け……

「な、なんなんだあいつは……」

そこに立っていた男は、信じられない姿をしていた。最初に目に付くのは、髪の毛の色。なにを考えているのか、まるでさわやかな草原のような緑色に染《そ》め上げている。

続いて着こんでいる鎧《よろい》は虹色《にじいろ》。

もう、目がくらまんばかりの虹色。

そして美形と言える目鼻立ちは、そんな格好《かっこう》をしているにもかかわらず、自信満々の表情で酒場を見まわし……

ライナの姿を認めるなり、

「貴様《きさま》かぁあああああああああああ⁉」

突如《とつじょ》、腰《こし》にさしていた剣《けん》を抜《ぬ》き放って、襲いかかってきた。

「へ？」

ライナはそれに、あわてその場を飛び退《の》きながら、

「は？　ちょ……いきなりなに……ってか、な、なんで俺!?」

するとと、

「ふっ。そうやってしらばっくれても、この救国《きゅうこく》の勇者である、シャニー様には全《すべ》てお見通しなのさ！　いたいけな街の幼女たちを次々とその毒牙《どくが》にかけ、一緒に茶の湯を楽しんだり、一緒に月見だんごを食べたりと、悪逆無道《あくぎゃくむどう》の限りを尽くしているという情報はすでに入っているのだ！」

と、剣をばーんっ！　とライナに突き付け、観念《かんねん》しろとばかりに言ってくるこの派手男《はで》が、シャニーらしい。

そのシャニーのセリフにライナはといえば、半眼を通り越して、ある意味悟《さと》りの境地《きょうち》を開眼《かいげん》した僧侶《そうりょ》のような瞳で、

「……ああ、おまえがシャニーなのね……ってか、茶の湯にだんごって……」

と、フェリスのほうを振りかえると、彼女は満足《まんぞく》げに、

「うむ」

それに、ライナは疲《つか》れ切った覇気《はき》のない声音《こわね》で、

「……うむじゃねぇ！……と、ここは突っ込めばいいんですか？　ああ？　どうなんですか？」

　なんかもう、半ギレだった。

　それになぜか、シャニーがたじろいで、

「お、おいおい、そんなにキレるなよ。カルシウム不足かい？　よし。ここは、救国の勇者である僕《ぼく》が、君の相談にのってやろうじゃないか。そうだよな。君だって最初から、そんな人間だったわけじゃないもんな。とりあえずはキレる前に、自分の人生を見つめなおしてみようじゃないか。確かに君は、人の道を踏《ふ》み外《はず》したろりこん変態野郎かもしれない。だが、いまならまだ間に合う。ほら、故郷《くに》のお母さんも悲しんで……」

　が、シャニーの言葉が終わる前に、

「てめぇにだけは言われたくねぇえええ！」

「ぐはぁ!?」

　思わずライナの鉄拳《てっけん》が炸裂《さくれつ》していた。

　それを後ろからヴォイスが見ていて、

「あ、キレた」

　その横でフェリスが、

「ん。キレたな」

「ちょっといじめすぎたでしょうか？」

「いや、それは問題ない。見ていればわかるように、あいつは真性《しんせい》のマゾだ。きっとあまりにもみんながいじめてくれるので、歓喜《かんき》に震えて……」

が、そのフェリスの言葉も終わる前に、ライナの鉄拳が、

「てめぇもいいかげんなことばっかり言って……」

しかしその瞬間、フェリスの手が、そっと腰の剣にかかった。

そして、

「ん？　どうしたライナ。なにか問題でもあるのか？」

するとそれだけで、ライナの顔面が急に蒼白《そうはく》になって……

「あ、いや……その……な、なんでもありません……だからその剣は抜くなよ？　な？

お、俺まだ死にたくないし……」

それに、ヴォイスが感心するように、

「きっちり調教されてますねぇ」

するといつの間にやら復活していたシャニーが、

「ふむ。そういうプレイもありだな。まだ幼《おさな》い八歳の少女に、『ほら、はいつくばってあ

たしの服を夜なべして繕《つくろ》いなシャニー』と汚《きたな》い言葉で調教される日々……いいね！　さすがはヴォイス様。あいかわらず、趣味がいい。やはり、僕はフューレル一族《グループ》を離脱《りだつ》してよかった」

「いや君こそさすがだよ。服を繕うという母性愛溢《あふ》れる行為《こうい》を調教に取り入れるところなど、なかなかできることじゃない」

「ふ。そんなにほめてもなにもでませんよ」

と、そんな異次元な会話を続ける二人にライナは頭を抱《かか》えて、

「ああもう、どうなってんだよここは……なんなんだ？　意味がわかんねぇ会話ばっかしやがって……結局おまえらなにやりたいんだ？　俺に用がないなら帰ってくんないか？」

が、そんなライナとは対照的に、フェリスは一つうなずいて、

「ふむ。なるほどな。いまいち会話の内容は理解できないが……ライナ。おまえは私の服を繕いたいのか？」

しかし、

「…………ってか、いまの会話が理解できないおまえに、俺はじめてすっごい親近感を覚えちゃったよ……」

「む。いまのは私を馬鹿《ばか》にしたのか？」

「いや、このうえなくほめた」

「そうなのか？」

「ああ」

「そうか……ふふ」

と、なぜかちょっと嬉《うれ》しげにフェリスが笑った、その瞬間だった。

またまたまた、酒場の扉がばんっと開き――

突然！

「じゃっじゃーん！　愛と勇気と元気の使者！　魔女《まじょ》っ娘《こ》ぷりちーミルク参上ぉ！　世界が暗闇《くらやみ》に包まれたとき、ミルクの魔法がみんなの笑顔を取り戻……あ痛《いた》!?　舌《した》嚙《か》んだ!?　あうう……やっぱりこんな長いセリフ言えないよう……」

と、口を押さえてうずくまる一人の少女があらわれた……

亜麻色《あまいろ》のポニーテールに、くりくりお目目。

それを見て、

「……もうなに？　どういうつながりでミルクまででてくんの？……今日は……厄日《やくび》だな……」

ライナはめまいを感じながら呟く。

突如《とつじょ》あらわれた彼女のことはもう、嫌《いや》というほど知っていた。

ミルク・カラード。

『忌破り《いみやぶ》』であるライナを執拗《しつよう》に追いかけ続けている彼女は、弱冠《じゃっかん》十六歳にして、ローランド帝国《ていこく》『忌破り』追撃部隊《ついげきぶたい》の隊長である……はずなのだが、なぜかいつも、ライナのことを子供のころに結婚《けっこん》の約束《やくそく》をしただの、浮気《うわき》ものだのといって妖怪並《ようかいな》みのしつこさで追いかけてきている……

今日はなぜか、いつものローランド帝国の軍服ではなく、うさぎの耳のついたヘアバンドに、カラフルなぽんぽん付きドレス。おまけに星付きのステッキなんかを持っているが……

「…………」

すでに疲《は》れ果てていたライナはもう、あえて突っ込まなかった。

おまけにそのミルクの後ろ……酒場の入り口に隠《かく》れながら、ミルクの部下の、確かルークやらラッハやらムー、リーレとか言った面々が、シャニーと同じ、妙にハデハデな虹色鎧を着せられていたり、ピンクのとんがり帽子《ぼうし》に黄緑のローブを着せられたりしていて……

「た、隊長、もう帰りましょうよ」

「うう……こ、こんな格好……」

「恥《は》ずかしいよう……」

「……もう……だめです……私は死にます」

「は、早まるなリーレ!? ムー、ラッハ、リーレを止めろ!?」

なんて会話。

と——ミルクがいつものごとく、

「さぁ、ライナ！ 今日という今日は、絶対ミルクと遊ぶんだからね！ もうライナの着る、かわいい衣装《いしょう》も用意してあるし!!」

それにライナは、まるで神に祈《いの》るかのように天を仰《あお》いで、

「うぁ……勘弁《かんべん》してくれ」

うめくように言った。

当然そんなライナにはおかまいなしに、ミルクは言葉を続けるが……

フェリスを指差して、

「もう、絶対そんな美人なだけの女になんか負けないんだからね！」

が、そこでヴォイスが、

「でもこの二人は調教なんて高レベルなことをしてますよミルクさん」

さらにシャニーが、

「おまけに地面をはいつくばって服を繕ったりしてるらしいぞ、ミルク君」

瞬間、ミルクは、

「いやあああああああああああ！　私裁縫苦手《さいほうにがて》なのにいいいいいいいいいいい！」

と、わけのわからないことを叫んで手に持ったステッキをくるくると振りまわしてから、

「求めるは雷鳴《らいめい》〉〉〉……」

と、強力な攻撃魔法《こうげきまほう》を唱《とな》え始めるミルク。

それを呆然と眺《なが》めながら、ライナはもう、まるであわてずに、

「……ああ、どんな会話の流れでも、とりあえずこういう展開《てんかい》になるのね……」

「求めるは雷鳴〉〉〉・稲光《いづち》！」

ミルクが魔法を唱え終わった瞬間、強烈《きょうれつ》な光が酒場を包み、カウンターが破壊《はかい》され、窓《まど》が破壊され、テーブルが宙《ちゅう》に躍《おど》り、人々は我先《われさき》にと逃《に》げ始め……

シャニーは感電しているにもかかわらず、

「しかしろりこん変態男君。幼女に目をつけるとは、君はなかなか見所があるよ。どうだろう。僕と一緒に、勇者組で世界を救ってみないかい？　ちょうど幼女専門お医者組の設立を考えていたところなんだが、講師《こうし》がなかなか見つからなくてね。だが、君くらいのレ

ベルのお医者さんごっこができる正義の士なら、それを任《まか》せてもいい！」

と、きらりと歯を光らせて笑顔で手をさしだしてくる。

それにやはり感電しているライナは叫んだ。

「ってかモノホンの変態はそのまま感電して死ね！」

さらにヴォイスも感電しながら、

「あ、だめですよシャニー。ライナさんは、うちの大事な使いっぱしりなんですから」

「ああ⁉　もううっさい！　誰が誰の使いっぱしりだって⁉　てめぇも死ね！」

それに続いて、その場で唯一《ゆいいつ》、まるで酒場ではなにも起こっていないかのような優雅《ゆうが》さでだんごを食べていたフェリスが、

「ん。しかし、今日はなかなかうまいだんごも食えたし、いい日だったな」

「ってか、なんでいっつもおまえばっかりいい目見てんだよ！　やっぱりおまえが一番最初に死……」

とそこで、例によってフェリスの手がそっと腰の剣にかかって、

「ん？　どうしたライナ。なにか問題があるのか？」

「うう……もうやだ……」

それにヴォイスとシャニーは顔を見合わせて、

『やっぱりきっちり調教されてるなぁ』

感心するように言ったのだった……

直後、さらなるミルクの魔法が炸裂《さくれつ》し、ライナの視界は、真っ白な閃光《せんこう》に包まれて、

「あ、あはは、もうなにも見えないや……」

そうしてライナの乾《かわ》いた笑いは、そのあとに続いた爆発《ばくはつ》に、すぐにかき消されていった

……

ちなみに、というかもちろん……

その後魔法を乱発したミルクによって、いつものごとく酒場が壊滅《かいめつ》したのは言うまでもなく……

このままでは、イエット共和国の建物《たてもの》が全て壊滅する日も近いかもしれない……

（ちーむ・ぶれいぶす［後編］：おわり）

ぷりしえんと・ますく

「…………あのさ、ちょっと聞きたいんだが……なんで俺《おれ》のテーブルには、朝食が用意されてないんだろ？」

朝の、宿屋の食堂。

ライナ・リュートはわからないという表情で、そう呟《つぶや》いた。少し寝グセのついた黒髪《くろかみ》に、眠《ねむ》そうに緩《ゆる》んだ瞳《ひとみ》。

「って、聞いてるか？　あの、もっかいだけ聞くぞ？　なんで、俺の朝食がないんだ？」

が、

「…………」

答えはどこからも返ってこなかった。

なぜか食堂にいた宿屋の女主人は、バツの悪そうな顔で食堂を出ていき……

「へ？　ちょ、なんで逃《に》げんの……？」

それにライナが驚《おどろ》いた表情で追おうとした瞬間《しゅんかん》、

「実は、ちょっと二人きりで話したいことがあるんだが、聞いてくれないかライナ。重大な話だ」

なんてことを、彼の隣《となり》の席で、まるで見せつけるかのように朝食を摂《と》っていた相棒《あいぼう》……

こんな朝っぱらでもやはり絶世《ぜっせい》の美女なフェリス・エリスが言ってきた。

「へ？　って、二人きり？　重大な話？　いやあの、それより、俺の朝食は……」

が、彼の言葉はそこで止まった。

フェリスの表情を見たから。

朝の日射《ひざ》しにきらめく、艶《つや》やかな長い金髪《きんぱつ》。異常に整《ととの》った、しかし、いつもはまるで表情というもののない顔。

しかし、今日は違《ちが》った。真剣《しんけん》な瞳で、ライナを見つめてきていて……

「って、なんだよ急にあらたまって。なんかあんのか？」

ライナが言うと、フェリスは重々しくうなずいて、

「……それが……昨日《きのう》私は、重大な真実を見つけてしまってな」

「重大な真実？」

「うむ。世界の真理と言ってもいいかもしれない。それをおまえだけにそっと伝えたいと思って」

「だからなんなんだよ。もったいつけやがって。なにが言いたいんだ」

すると、フェリスは目を細め、少しだけ沈黙《ちんもく》して……

「働かざるもの、食うべからず」

なんてことを言ってから、さっきまでのシリアスな雰囲気《ふんいき》はどこへやら、再び朝食を摂り始めるフェリス。

それにしばらく、ライナは呆然《ぼうぜん》としてから、

「……それで終わり？　重大な真実ってそれのこと？　はぁ？　じゃあまさか、だから俺の朝食が抜《ぬ》きとか、そういう展開《てんかい》なのか？」

が、それにフェリスは首を振《ふ》って、

「いや、昼も夜も抜きという展開だ。毎日毎日のんべんだらりと過ごしおって。最近のおまえはあまりに仕事をしなさすぎるからな」

「おまえだってしてねーじゃねぇか！」

「なにを言ってる。飲む打つ買う、三拍子《さんびょうし》そろったダメ男、ライナ・リュートに、あの有名なセリフ『ぐだぐだ言ってねぇで酒買ってこぉい！　金がねーなら体ウリやがれ！』なんて怒鳴《どな》られながらも、なんとか食費を稼《かせ》ぐため、日々花屋でバイトをしている健気《けなげ》な私の姿を見たことないのか？」

「ねぇよ！」

言ってから、ライナは半眼で彼女を見つめて、

「ってか、おまえが花屋でバイトだと？」

「うむ。可憐《かれん》な乙女《おとめ》の私にぴったりだろう？」

と、可憐な乙女が、感情がごっぽり抜け落ちてしまったかのようなまったくの無表情で言う。

それにライナはさらに疑《うたが》わしげな表情で、

「……花屋ねぇ。ほっほう。へぇ。ふぅん。ぜってーうそくせーけど……んじゃあ、ためしにちょっと聞くが、今日のおまえの予定はどうなってる？　今日も花屋で働くのか？」

「ん？　私の予定を聞いてどうする？」

「いいから言ってみろって」

するとフェリスは、なぜかライナをじっと見つめてくる。そして、少しだけ迷《まよ》うように腕組《うでぐ》みをして思案《しあん》してから、

「ふむ。デートの誘《さそ》いなら、私的にはぜひだんご屋めぐりのデートコースを選ん……」

「デートなわけねぇだろうが！　ってああもう、いいから早く答えろって。今日一日の予定はどんな感じなんだ？」

それにフェリスはうなずいて、

「ん。そうだな。確《たし》か……午前中はお気に入りのだんご店に入り浸《びた》って、午後は公園で野良猫《のらねこ》たちとだんごパーティーの予約が入っているな。そういうわけで、おまえのデートの

誘いに応《こた》えられるほど、私の過密《かみつ》スケジュールには空《あ》きがないようだ」

「ってか、花屋の話はどこいったんだよ！」

するとフェリスはわからないとばかりに首をかしげて、

「花屋？　なんの話だ？」

「ぶっ殺すぞてめぇ！」

「ん？　なんだ？『ぶっ殺す』？　おまえのデートの誘いを断《ことわ》ったことを怒《おこ》ってるのか？　ああなるほど。そうやっておまえはストーカーと化すのだな。

まずはじめに見ず知らずの女に声をかけてデートに誘う。

↓

当然変態色情狂《へんたいしきじょうきょう》からの誘いなど断られる。

↓

するとおまえは突然狂《とつぜんくる》ったようになって、

『なんで断るんだよ!?　俺たちは運命の絆《きずな》で結ばれてるのに！　前世ではキュメール姫《ひめ》とアベルヌ王子としてむくわれない恋に胸《むね》を焦《こ》がした仲《なか》なのに！　思い出させてやる！　こうなったら夜中に襲《おそ》って無理矢理《むりやり》にでもおまえの体に思いださ……』」

がしかし、そこまでで、ノリノリで喋《しゃべ》っていたフェリスの口が突然とまった。

それからなぜか、彼女のいつもまったく無表情な顔に、恐怖《きょうふ》に震《ふる》える少女のような表情が浮かび上がってきて……

「なんてこと。なんてことなの！　ちょっといまのはリアリティがありすぎて、思わず女《おんな》口調《くちょう》になるほどの恐怖だったわ」

「ってかおまえのいまさらながらの女口調のほうがよっぽど俺は怖《こわ》いわ!!　あーもーなんなんだよ！　話が脱線《だっせん》し過ぎる!?　ちょっとおまえ黙《だま》れ。んで、俺の言葉をちゃんと聞け！」

「む？　前世がどうのと言う怖い話はお断りだぞ？」

「俺もお断りだよ!!」

叫《さけ》んでからライナがもう、なにもかもどうでもよくなったかのような深いため息《いき》をついて、

「いや、だからさぁ。結局《けっきょく》、おまえだって、なんもしてねーってことだろ？　毎日毎日だんごばっか食いやがって。俺が仕事してなくて飯抜きなら、おまえだって飯抜きだろうが」

が、フェリスは平然とうなずいて、

「うむ。別に私は、だんごさえあれば飯抜きでもかまわないぞ？」

「だからそういう問題じゃねぇえええ！」

と、ライナが叫《さけ》びをあげたときだった。

どんっという音をたてて、宿屋の食堂の扉《とびら》が開いたのは。

「んぁ？　なんだ？」

ライナがそちらのほうに目を向けると、そこには見るからに人さまに迷惑《めいわく》をかけてそうな、荒《あら》くれ者な姿の男たちが数人立っていて。

彼らの姿に、ライナは見覚《みおぼ》えがあった。確か少し前に訪《おとず》れた、酒場にたむろしていた男たちで、そのときにこてんぱんにした奴《やつ》らのはずなのだが……それがこんな朝っぱらから、こんな宿屋の食堂になんの用だろう？

と、まわりを見まわしてみても、食堂にはライナとフェリスしかいなくて、ってことはこいつらの目的は自分たちなわけで、ってことは、あんときの仕返しか？

という判断《はんだん》のもと、

「ああ、朝からめんどくせぇなぁ……」

ライナは身構《みがま》えた。

と同時に、男たちが一斉《いっせい》に食堂へとなだれ込んできて……

「ふぇ、フェリスさん!?　遅《おく》れてすみませんでした！」

そして突然、男たちはフェリスの前にひれ伏《ふ》す。

それにライナは驚《おどろ》いて、

「あ？　一体どうなってんだこりゃ」

その問いかけに答えるかのように、フェリスが男たちのほうを向いてうなずいた。

すると荒くれ男たちは頭をあげて、

「フェリスさんに命令されて探《さが》していた情報がやっと見つかりやした！　だから、だから家族だけには、家族だけには手をださないでください!?」

しかしフェリスはそれに、

「ふむ。それは情報しだいだな。ことと場合によっては、おまえの娘《むすめ》――たしかジェシカとかいう十二歳の娘の上半身と下半身が、別々のゴミ捨て場で発見されるという愉快《ゆかい》な出来事が――」

「そ、それだけは勘弁《かんべん》してくれぇえええ！」

それにフェリスが満足《まんぞく》げにうなずくと、ライナのほうを向いてきて、

「と、言うわけだ。おまえと違って私はのうのうと日々を無為《むい》に過ごしたりはしないからな。ここのところだんご屋めぐりという平穏《へいおん》な生活をしていたのも、こいつらからの情報を待っていたのだ。ただ女を襲《おそ》い続けるだけの毎日を過ごす、人の道を大幅に外《はず》れたおま

えとは違うわけだな」

なんてことを言ってくる。

それにライナは半眼になって、

「……ってか、十二歳の女の子を真っ二つにするとかいうスプラッタ現象《げんしょう》より、俺の人生が人道を外れてるってのは……確かにちょっとショックな話だな……」

「だろ？」

「嫌味《いやみ》だよ！　ってああ……もうそうじゃなくて…………んで？　なんなんだこいつら。フェリスおまえ、こいつらになんの情報を集めさせてたんだ？」

という言葉にフェリスが首だけで合図《あいず》を送ると、男たちがうなずいて話し始めた。

それは、ここイエット共和国の港街《みなとまち》から、東へずっといった場所にある山の中の話だった。

そこに、『絶対立ち入り禁止《きんし》』という看板《かんばん》が立てられ、強力な結界《けっかい》の魔法《まほう》で守られている建物《たてもの》があるのだという。

ライナがそれに、

「って、結界の魔法に守られた建物？　なんの話をしてんだ？　フェリスに頼《たの》まれて情報を調べてたってことは、新手《あらて》の会員制だんご店かなんかの話か？」

が、そんなライナの問いかけに話の腰《こし》を折《お》られて、一瞬男たちは不快《ふかい》な顔をする。

そのまま、ライナの言葉を無視して、

「…………それでですね……」

男たちは続けた。

その、結界が張《は》られている建物。

実はそこは、その筋《すじ》では有名な場所らしくて、『絶対立ち入り禁止』なんて妙《みょう》な看板が立てられてることと、結界のせいで誰《だれ》も近寄れないということもあいまって、いろんな噂《うわさ》が流れているのだという……

やれ幽霊《ゆうれい》が出る屋敷《やしき》だの、化物《ばけもの》の棲家《すみか》だの……噂ばかりが大きくなっていて……

「そこで俺たち、ぴんときたんですよ。これは、フェリスさんに役立つなにかがあるんじゃないかって。で、調べてみたら……」

とそこで、再びライナが首をかしげて、

「って、ちょっと待てって。だから、いったい、おまえらなんの話してんだ？　いまいち話が読めないんだが……」

それでまた、話が中断する。

男達はまたも不快な表情でライナを見つめ、それからフェリスに助けを求めるような視線を送った。

するとフェリスが、なにを言ってるんだとばかりにライナの顔をのぞきこんできて、

「我々《われわれ》が集める情報は、『勇者《ゆうしゃ》の遺物《いぶつ》』についての情報に決まっているだろう？　他になにがある？」

「へ？」

瞬間だった。

ライナが呆然《ぼうぜん》とした表情になったのは。

そしてそのまましばらくの沈黙《ちんもく》のあと、

「あー……あー……そっか。なるほど。はいはい……そうだよな。俺たちの仕事って、そういや『勇者の遺物』探索《たんさく》だっけ」

なんてことを言い出していて……

……いったい、最近の彼らは、毎日なにをして過ごしていたのだろうか？

ライナがやる気ない声音《こわね》で言う。

「おっけ。なるほどなぁ。『勇者の遺物』かぁ。そんなのもあったな……おっけ。話が読めてきたから、んじゃ、続けて続けて」

それに男たちは、もう完全に不審《ふしん》の眼差《まなざ》しで、もう口をはさむなよとばかりにライナを

にらんでから、

「……それでですね……調査を続けているうちに、俺たちは、近隣《きんりん》の村で有力な情報を手に入れたんです。というのも、近くの村の長老たちが、その結界は、とんでもなく危険《きけん》な道具を封印《ふういん》するために、自分たちが張ったものなのだ、なんてことを言ってまして……」

「危険な道具？」

　フェリスが聞くと、男たちはうなずいて、

「はい。それはもう、五十年も前のことらしいんですけどね……最初は、あまりのその道具の危険《あぶな》さに、破壊《はかい》しようという意見もでたそうなんですが……しかし、それは破壊されなかった。その道具が持っている力が、あまりに魅力的《みりょくてき》すぎたから。というのも、その封印された道具……建物の中に封じられた一枚の仮面《かめん》には……被《かぶ》ると未来の映像を見ることができる力があったんだそうで……」

　とそこで、ライナの顔色が突然変わった。

　テーブルからがたんと立ちあがり、

「未来を、見られる？　って、まじで？　うそだろ？」

　その反応《はんのう》に、男はついにキレていた。

「ってもう！　さっきからなんなんですかあんたは！　人の話の腰ばっかり折って！　馬《ば》

んですから」

鹿《か》にして聞く気がないなら、あっちいってください！　俺たちはフェリスさんに話してる
もっともな話だった。

それにライナはあわてて、

「いや、ああ、違う違う。馬鹿にしてんじゃなくて……まじでいまのは驚いただけ。でも、未来を見られる道具……だと？　まじかよ。まさかそれは、予知の魔法を可能にした道具ってことか？　信じらんねぇな」

それにフェリスが怪訝《けげん》な表情で、

「ん？　それほどすごいことなのか？」

「ってか、すごいなんてもんじゃねーよ……いまのところローランドの魔導《まどう》研究では、未来予知ってのは不確定要素《ふかくていようそ》の確定……つまりなにが起こるかわからない未来を予知するということは、未来を操作《そうさ》することだと考えられてるんだ。んで……」

が、そこでフェリスがライナの言葉を遮《さえぎ》って、

「……もう少しわかりやすい言葉で言え」

「え？　ああ、だからさ、つまり、本当にそんな道具があれば……応用次第《しだい》ではこの世界を……そして未来を、滅亡《めつぼう》させようが、支配しようが、すべて自分の思いのままにできる

なんていう、とんでもねー力を持ってるってことになるんだ……けど……」

とそこで、ライナが言葉を一度止めてから、考え込んで、

「いやでもなぁ。ンなもんが現実にありえるとは……あ、でも、あのとんでもねー力を持った『勇者の遺物』なら…… いやだけどいくら遺物にだってそこまでの力は……」

なんてことを一人ぶつぶつと呟《つぶや》いてから、彼は顔をあげて、言った。

「とにかくだ。いまの話が本当なら、かなりヤバイ力なのは間違いないぞ」

するといまの説明で、さすがのフェリスもその事実がどれほど危険なことなのかがわかったのか、突然わなわなと震《ふる》え、恐怖の表情で、

「で、では……まさかそれは……あの伝説の、わずか二十個限定販売、デラックス三色だんごを、二十一個食べるという不可能をも可能にするということなのか!?」

瞬間、

「ってンなことに驚いてんのかよ!」

ライナは思わず怒鳴《どな》っていた。

するとフェリスは一度首をかしげてから、不満げに、

「なんだ、違うのか？」

「いや……違わないけどさぁ……なんかすげーしょぼいたとえだなぁ……せっかくとんで

もねー遺物かもしんねぇのに……まあとにかく、それほどの力がなかったとしてもだ、未来を予知できるってのは、かなり有効《ゆうこう》な道具だろう？　それが、どうしてそんなさびれた山の奥に、結界まで張られて追いやられてるんだ？　それさえ使えば、富《とみ》も名誉《めいよ》も思いのままだと思うんだが……」

が、そこで男たちは、待ってましたとばかりににやりと笑って。

「それが、そうはうまく、ことは運ばないんですよ。結界が張られて封印されたのには、それなりの理由がありまして」

「どんな？」

「それがですね……その仮面を被《かぶ》ったものはみな、うわごとのように『未来はもう終わり』だとか、『未来が見えた……もう俺はお終《しま》いだ』とか叫《さけ》びだして……」

そして……」

男は真剣な表情で言った。

「全員が、発狂《はっきょう》してしまったそうなんです」

「狂《くる》った……？」

それに、ライナとフェリスは、顔を見合わせてから……

ライナが言った。

「…………なるほどね。これが、村興《むらおこ》しのネタじゃなきゃ、かなり有力な情報かもな」

「そう思うか？　では、さっそくいくぞ」

と立ちあがるフェリスに、

「へ？　ちょ、ちょっと待てって。その前に俺の朝食は……」

が、すぐにひゅ！　っという、いつもの剣が抜き放《はな》たれる音が響《ひび》いて……

「うう……抜きなわけね……」

ライナは泣いたのだった。


場所は変わって。

早くもライナとフェリスは、例の山へと訪《おとず》れていた。

月明かりだけがたよりの暗い夜。

ライナがそっと手をかかげ、まるで夜の闇《やみ》を切り裂《さ》くかのように腕を振るうと、光の魔《ま》方陣《ほうじん》が空間に刻《きざ》み込まれていく。

そして……

「求めるは光輝《こうき》〉〉〉・闇砕《からさぎ》」

瞬間、ライナが描き出した魔方陣の中央に小さな拳大《こぶしだい》の光の玉が生まれ、あたりを照らし始めた。

さっきよりはわずかながら明度が増した周囲を見まわして、ライナが言った。

夜だろうが昼だろうが、さらには食堂だろうが山だろうが変わらない、気《け》だるい声音で、

「ってか、なぁんでこんな夜中にこんな山奥へくる必要があるのかね。明日でもいーじゃんか。ああもう、ここにくるまで二日も徹夜《てつや》で歩きどおしだから眠いったらねーし。な？　もうこっから先は明日にしようぜ？　俺このさいここで寝てもい……」

が、ライナの言葉が終わる前に、フェリスが真剣な声で、

「ぐたぐたとうるさい。話からすると今回の遺物は、ひさしぶりに存在《そんざい》だけで世界を危険に陥《おちい》らせるほどの代物《しろもの》の可能性がある。そんなものを、他国に放置しておくことが我々ローランド帝国にとってどれほど危険なことか、おまえもわかっているだろう？　事態《じたい》は一刻を争うのだ」

なんてセリフ。

それにライナはちょっと驚いた表情で、

「……へぇ。世界の危機《きき》に愛国心だなんて……ちょっといまのびっくりしたな。フェリスってば、たまにはそんなふうにまじめなことも言……」

が、ライナの言葉はさらに遮られ、フェリスが続ける。

「おまけに王《シオン》の奴め。ここのところ私たちが遺物の情報をまるで送らないのをぐちぐち責める手紙をよこしおって。あげくに『このままだとローランド名物、ウィニットだんご店を潰《つぶ》すかもしれないよー』だと？　そんなことは、絶対にさせん！　だんごの平和は私が守るのだ。いくぞライナ！」

と、強い決意のこもった声でそう言うと、どんどんと山の奥へと入っていくフェリスに、もう一度愛国心は？　世界の危機は？　なんて突《つ》っ込《こ》みを入れるほどの勇気は……

「とても俺にはないなぁ。死にたくねーし。フェリスを脅《おど》すなんて、王《シオン》はよくやるよ。やっぱあいつは大物なのかもなぁ」

なんてことを一人ぶつぶつ呟きながら、ライナもその後を追う。

と——そのまましばらく歩いたところに、それは立っていた。わりと背が高いほうのライナの身長の三倍はある、巨大《きょだい》な、古ぼけた立て看板《かんばん》。そしてそこには情報どおりの文面でこうある。

『絶対立ち入り禁止』

それを見てフェリスが言う。

「ふむ。ここだな」

ライナもうなずいて、

「みたいだな」

そのまま、もう一度その看板を見て、それからその向こう側に広がる景色《けしき》にぼんやりと目を向けてみる。

暗闇の中に木々が立ち並んでいて、その奥に建物――神を祭る社《やしろ》のような建物がかすかに見えるが……

しかし暗くて様子《ようす》がよくわからない。

それにライナは一つため息をついて、

「あーやっぱ、あれも情報どおりだな。結界の話。俺の魔法の光が、この看板から後ろにはまるで届《とど》いてないみたいだ。魔法が無効化《むこうか》されてる。たぶん、入ろうとしても見えない壁《かべ》に遮られるだろう」

言ってから、そっと彼が手を伸《の》ばして、看板の後ろへとさしだすと、やはりそこには見えないが、まるで硬《かた》い金属《きんぞく》にでも触《さわ》ったような感触《かんしょく》があって……

「ほらね。結界で入れないようになってる。それも結構《けっこう》強力な結界だなぁ。この結界……鉄の壁なんかより、全然強度が高いぞ……こりゃ、五十年間誰も中に入れなかったのも納《なっ》得《とく》だな。ってまあ、俺なら楽勝に破れるけどね……『複写眼《アルファ・スティグマ》』でこの結界の構成を調べて無効化すれ……」

が……そこで思わず、ライナは言葉を失ってしまった。目の前で起こった出来事が信じられなくて……

フェリスが腰《こし》の剣を引きぬき、結界へ向かってひゅっと剣を閃《ひらめ》かせると、そのまま何事もなかったかのようにすたすたと『絶対立ち入り禁止』の敷地内《しきちない》へと入っていってしまって……

それにライナは唖然《あぜん》として、

「き……斬《き》ったのか？　結界を？　うそだろ？　鉄より硬かったんだぞいまの結界……ってか、そもそも魔法って、物理衝撃《ぶつりしょうげき》には強いんだぞ？　それをあんなにも簡単《かんたん》に」

と、呆然と動けないでいると、フェリスが振り向いて、

「どうした。早くこい」

「…………いや、そんなあっさり言われてもなぁ……なんか、俺の見せ場ないなぁ……まあ楽でいいっちゃいいんだけどさぁ～なんだかなぁ……」

しぶしぶとライナも『絶対立ち入り禁止』の敷地へと足を踏《ふ》み入れたのだった。

それはすぐに見つかった。

社の奥。

古ぼけた祭壇《さいだん》に、仮面は飾《かざ》られていた。

なんということのない、仮面だった。

白を基調に赤と黒の模様《もよう》に、眼と口の部分は空洞《くうどう》になっているだけという、装飾《そうしょく》もそれほど凝《こ》ったものではなく……素人《しろうと》が作ったへたなおもちゃといった風情《ふぜい》。

仮面というよりは……むしろお面？

ライナはそんなお面を見つめて……

「これ？　これが噂の、未来予知なんてとんでもないことができるっていう、道具？」

半眼で言った。

それにフェリスがうなずいて、

「そのようだな」

「こんな、ちゃちいのが？」

「ん」

「被ったものを、みんな狂わしたという？」

「うむ」

「おまえ、ほんとにこれにそんな力があると思う？」

「それを調べるのがおまえの役割だろう」

「ああ、そりゃごもっとも。んじゃ」

言って、ライナはさっそく目を閉じた。そして再び開いたときには、彼の瞳の中に、朱《しゅ》の五方星が浮き上がっていて……

特殊《とくしゅ》な瞳。その瞳は、目の前の現象《げんしょう》を、高速に処理、解析《かいせき》していく。

その瞳でお面を見つめた。

「…………」

しっかり見つめた。

「…………」

かなり見つめたあげく……

「ああもう、やっぱわかんねぇ。遺物ってほら、結局『複写眼《アルファ・スティグマ》』にも全然反応《はんのう》しないことが多いし、見ただけじゃよくわかんないだろ?」

「ふむ。で?」

「うん。だからこれは、いつも言ってるけど、一度持って帰って、それなりの研究室かなんか使わせてもらって調べてみないとわかんねえなぁと。まあ、そんな感じなんだが」

「では、おまえのような無能な人間にはなにもわからないということか?」

「……いや、なんかそんな言われ方はすげー嫌《いや》なんだけど……まあ、誰が調べてもこんななんの設備《せつび》もないところでこの仮面のことを調べるのは無理だと思うぞ？」

「ん。ということは、おまえはこの場ではなんの役にも立たない、不必要な人間なわけだ」

「うう…………だからおまえはどうしてそういう言い方を……でも、まあそうだな。だけどおまえだって、じゃあ役立たずってことだぞ？」

が、それにフェリスはあきれたように首を振って、

「私が役立たずだと？　これだから素人は困《こま》る。おまえは私が本当に、その仮面を調べる能力がないとでも思っているのか？」

「へ？　って、じゃあおまえはなんかいい案が……」

しかし。

そこまで言いかけた瞬間だった。

ライナはフェリスの顔を見つめ、硬直《こうちょく》した。突然、すべてを理解したのだ。

未来予知の仮面なんてつけなくても、ライナにはこれから起きようとしている未来が見えてしまっていた。

もう、お定まりな未来。

そう。その未来とはつまり……

ライナは震える声音で言った。

「……おまえ……俺に仮面被せるつもりだろ？」

するとフェリスは驚いて、

「ん？　なぜわかった？　まさか貴様《きさま》、すでに未来を予知する力が……」

「ねぇよ！」

「ふむ。なら、その力を手に入れてこい」

刹那《せつな》。フェリスが、目にも止まらぬ——というより、実際に目に見えないほどの速《はや》さで動いた。彼女の残像《ざんぞう》が仮面を拾い上げ、それをライナの顔面に向かって突きつけようとしてきていて……

ライナはそれをさけようと全力で身をそらしながら、

「ああああああてめぇ!?　ちょっと待てって!!　それ被ったら狂うって話とかも……って、よけきれな…………」

ピタ。

それはまるで、吸《す》いつくようだった。仮面がライナの顔にぴったりと引っ付き……

「あ……え……あ……」

仮面の目の空洞の先には、社の中ではない、違う景色が見えていた。

なにか別の……別の……

フェリスが言った。

「ん。どうだ。未来が見えるか?」

「いや、なんか、妙なもんが……これはなん……な……あ、う……あ……あああ⁉」

突然悲鳴《ひめい》をあげた。両手で胸をかきむしるかのように苦しみもがき、

「うそだ。こんな……ち、違う……嘲《わら》うな……殺したかったんじゃな……俺は……なのに……みんな死……死……死なな……死ななきゃ……化物は……俺は、死ぬべきなん……死のう……死……」

体が壊《こわ》れそうだった。いや、胸が、心がひどく押しつぶされて……

がくがくと震える。

全《すべ》てが……全てがどうでも……

「おいライナ。なにが見えてる? どうし……ふむ。私の声に反応しないな。これは少し、まずいか……おい、仮面を外《はず》すぞ?」

とそこで、なぜかものすごく聞き覚えのありまくる、スラリと金属が抜き放たれる音が響《ひび》いた。それに続いて、

「らあああああいいいいいなああ!!」

突如《とつじょ》、どこか遠くから、聞き覚えのあるなつかしい声がどんどん近づいてきていて……

その二つの音に、なぜかライナは、急に意識《いしき》を引き戻《もど》されてしまった……

瞬間。

視界が開ける。

仮面の空洞の先は、暗い、社の中で……

そして。

「え？　あれ……俺はいったいなにを……って!?」

「いくぞライナ」

「ライナ見つけたあああああああああ！」

刹那。

迫《せま》りくるぐーにした鉄拳《てっけん》と、迫りくる剣。

「は？　ちょ、ま、待って。もう大丈《だいじょう》……ぎゃあああああああああああああ!?」

再び、ライナの悲鳴が響きわたったのだった。仮面が顔から外れ、弾《はじ》け飛ぶ。それと同じような豪快《ごうかい》さで、ライナも派手《はで》に吹っ飛んで……地面をごろごろと転がる。

そしてそのまま、ライナは半眼で、

「……はうあ……ああ、仮面、外れたのか……たす、かった。助かったけど……助かったわりに痛くて死にそうなのはなんでだろう……」

疲《つか》れた声音で言う。

が、そんなライナは無視して、彼に鉄拳をたたきこんだ主《ぬし》が言い放ってくる。

「やっと見つけた！　酒場のおじちゃんたちから聞いて飛んできたけどほんとにいた！」

その聞き覚えのありまくる声に、ライナはさらに力が抜けた。そっと顔をあげると、そこには案《あん》の定《じょう》、亜麻《あま》色《いろ》のポニーテール。元気がありあまりまくっているくりくりお目目に、愛らしい童顔《どうがん》。

もう、説明はいらないだろう。

ライナがどんなところにいようとも、『子供《こども》のころ結婚《けっこん》の約束《やくそく》した！』だのとわけのわからないことを言いながら、妖怪《ようかい》並《な》みのしつこさで追いかけてきている『忌破《いみやぶ》り』追撃部《ついげきぶ》隊《たい》の隊長……ミルク・カラードが、いつもどおり、背後《はいご》にルーク、ラッハ、リーレ、ムーの四人の部下を従《したが》え、びしっとライナのほうを指さすと、

「もう、今度という今度は、ミルクも怒っちゃうんだからね！　こーんな山の中で仮面つけて仮装《かそう》パーティーしてるなんてずるい!!　私も仮面つけるー!!」

「はぁ？……って、おまえこの状況《じょうきょう》のどこがどう、仮装パーティーに見えるんだよ！」

「あ、あ、ライナってば、そうやってまた、美人なだけの女と浮気《うわき》してたことを隠《かく》そうとして!!　もう許《ゆる》さない！

求めるは……」

「ってああもう！　また破壊魔法か！　どういうつながりでそういう展開《てんかい》にな……」

が、ライナの叫びはフェリスに遮られて、

「どうやらこの仮面は本物だったようだな。本物が見付かったとなると、こんなところで、過去におまえにボロクズのように捨てられた女にかまってる暇《ひま》はない。いくぞライナ」

と、剣をひゅごっと一振《ひとふ》りすると、社の壁が一気に切り裂かれ、外への道が開かれる。

そしてさっさと出ていってしまうフェリス。

それにライナはめんどくさそうに、

「って、ああもう。はぐれたらめんどくせーだろうがフェリス！　待てって」

立ちあがって、追いかけていこうとして……

ミルクが叫んだ。

「わ、私は捨てられた女じゃなあああい！　もう怒った。こうなったらこの魔法で！

求めるはぁああ！」

が、そこで、ライナはふと、足を止めた。そのまま振りかえり、ミルクをじっと見つめる。

それに、ミルクの呪文《じゅもん》の詠唱《えいしょう》も止まって、

「って、え……なに？　ライナ……ちょ……そんな、見つめて……えっと」

口ごもるミルクに、ライナはなぜか、顔をしかめた。そのまま、やはりいつもの、疲れたような、それでいてどこか上ずったような声音で、

「あーなんだ。そのぉ……そうだな。えっとぉ……あれだよ。さっきな、仮面に殺されかけてな。なんだ。とにかく、また助けられたよミルク。ありがとう」

なんてことを言って……

「…………」

瞬間、呆然と目を丸くするミルク。

それにライナは肩《かた》をすくめてから、

「んじゃま、そういうことで」

言って、すぐにフェリスが出た場所からライナはでていく。

そのあとを、なぜかミルクは、追ってこなかった。

場所は再び、宿屋の食堂。

昼下がり。

ライナはもう、死にそうな表情でテーブルについていた。

「ってか……まじ四日徹夜は勘弁《かんべん》してくれ……それも歩きどおしだし……なんでおまえは平気そうなんだよ」

それに、向かいに座《すわ》っているフェリスがなんでもないとばかりに、

「平気ではない。私も眠い」

「んじゃ、寝よーぜ。仮面のことは明日の朝でもいいじゃん」

「そうはいかない。ウィニットだんご店の命運がかかっている」

「ってか、だんごがどうこう言う前に、これ以上寝なかったら俺死ぬぞ？」

「おまえの命など知ったことではない」

「…………いや、おまえに仮面を無理矢理被せられたときに、それは痛いほど実感してるけどな……」

言って、ライナはあきらめたようにため息をつくと……テーブルの中央に置かれた、仮面に目を移《うつ》した。

するとフェリスが、ペンと紙を手に、聞いてくる。

「で、結局、この遺物は未来の予知を可能にするのか？」

「それに答えりゃ、寝かしてくれんのか？」

「ん。シオンにこの遺物を送るのにあたって、ある程度《ていど》の遺物についての詳細《しょうさい》情報を記《しる》したものが必要だからな」

　それにライナはもう一度ため息をついてから、説明をはじめた。

「あー、結論から言うとだな、否《いな》だったよ……たぶん、これにそんな力はない。っていうか、そもそも、これは未来の予知のために創《つく》られたシロモンじゃねーよ」

「未来が見えたんじゃないのか？」

「う～ん。未来らしきもんは見えたけど……ありゃまやかしだな。最初にさ、自分の死体が見えるんだよ。自分の悲惨《ひさん》な死が見えて、これが、俺の未来なのか？　って思わせることで、まず仮面を被った人間の気を引く。でも、この仮面は、本当は未来予知なんてしてないんだ。そんな目的のために創られたんじゃない」

「ふむ。では、これはなんの道具なのだ？」

「殺し」

　ライナが素《そ》っ気無《けな》く言った。

「人を、殺すための道具だよこれ。それも内側から……被った人間の、一番深い、心の傷を膨張《ぼうちょう》させて、んで、心から死にいたらしめる道具……それもハンパなレベルじゃない。

通常の魔法の効果《こうか》ではありえないほどの強力な力で、人の心をえぐる……」

「人を殺すための道具？　それも、通常の魔法の効果ではありえないほどの力？」

「ああ」

ライナがうなずくと、しかし、それにフェリスは小さく首をかしげて、

「それは、おかしいんじゃないか？　おまえの言うとおりなら、その仮面は『通常の魔法ではありえないほどの力を使い、仮面をわざわざ被らせて、精神に影響《えいきょう》させて人を殺すための道具』ということか？　しかし、なぜそんな回りくどいことをする必要がある。それほどの力を使うのなら、普通に殺せばいいではないか？」

が、それにライナはやはり素っ気無い、やる気の欠《か》ける声音で、

「だから……これはたぶん、拷問《ごうもん》の道具なんだ。殺したい相手を、最高の苦痛を味わわせて殺すための、拷問の道具……だからこそ、俺は助かったんだけどな。殺す側が、殺すのをやめようと思えば、すぐにやめられるようにできてる。簡単に俺から仮面を外せたのも、そのせいだろう。これは、人間の心をもてあそぶための道具だよ」

「なるほど」

フェリスはうなずいた。そして、すらすらと紙にライナの言葉を記していく。

それをライナはしばらく半眼で見つめてから、

「んで、じゃあ、もう俺の仕事はこれで終わりか？」

「ああ」

「それは、王《シオン》に送るのか？」

「そうだ」

「…………」

そのまま、ライナは立ちあがって、

「んじゃ、俺はもう寝るぞ」

「ん」

そして、ライナは踵《きびす》を返した。そのまま、食堂を出ていこうとする。

とそこで、

「……最後に一つ、聞いておきたい。ライナ。仮面をつけたとき、おまえはなにを見た？」

フェリスが声をかけてきた。

それにライナは立ち止まって、振り向かないまま、

「別に。たいしたもんはなんも見てねぇよ」

「……辛《つら》かったか？」

と——

ライナは少しだけ、黙《だま》りこんでから、

「…………………って、なんだよそれ。おまえ、まさか俺の心配してくれてんのか？　まじで？　めずらしいこともあったもんだなぁ。でもほんとに、たいしたこたねーよ。俺はほら、心の傷なんていう、ご大層《たいそう》なもんは……」

が、彼の言葉が終わる前に、フェリスが小さく言った。

「……もういい」

瞬間、ひゅ！　っという例の甲高《かんだか》い音が突然、響いた。それからぱきんっという、奇妙《きみよう》な音も……

「ああ？」

それにライナが振り返ると、そこでは、仮面がフェリスの剣によって真っ二つにされており……

「って、なにしてんだよおまえ？」

するとフェリスはなぜか、うっとうしげにライナから顔をそらして、

「……………ふむ。王《あいつ》はおまえの変態友達だからな。拷問は、自分でしたいタイプだろう。だから……王《あいつ》にはこんな道具は必要ない」

なんてことを言ってきて……

ライナはそれに……

それに……

ため息をついた。

「はぁ。なんだよ。まぁた遺物手に入らなかったじゃないかよ」

「おまえのせいだ」

「ああ？　なんで俺のせいなんだよ。割ったのおまえじゃねーかよ」

「問題あるのか？」

が、それにライナは肩《かた》をすくめてから、

「……ないな…………………ありがと」

「ん」

そして、小さく笑ったのだった。

（ぷりしえんと・ますく：おわり）

がーでぃあん・もんすたー

場所はいつもの宿屋の食堂。

しかし、事件《じけん》はそこで起こった。

ライナが……ライナが……

「仕事がしたいんだ‼　なんでもいいから仕事をくれ！　もう、なんでも俺《おれ》に任《まか》せちゃって！」

いつものやる気死滅《しめつ》の口調《くちょう》とは一転、突然《とつぜん》ライナがそんな発言をしたのだ。

見た目はいつもと変わらない、いまいち寝癖《ねぐせ》のとれない黒髪《くろかみ》に、怠惰《たいだ》に緩《ゆる》んだ黒い瞳《ひとみ》。

なのに、今日の彼は、一味違《ひとあじ》った。

緩んだ——というより、どこか憔悴《しょうすい》している焦点《しょうてん》のあわない目で、万年無表情金髪《きんぱつ》美人を見つめると、

「ほら、やっぱ人間、働かないと人生に張《は》りがないっていうの？　なんてーか、働いてるからこそ生きてるって実感できるっていうか、とにかく俺はすぐ仕事したい気分なわけで、だからなんかねーか？」

するとフェリスはしばらく無言でライナを見つめ、

「………………………………仕事をしたい？……おまえが？……日々を無為《むい》に過

ごすことで世界新記録を狙《ねら》おうというおまえが仕事だと？」

「っていや……なんか微妙《びみょう》に失礼なことを言われてるような気が……」

　が、ライナの言葉は途中《とちゅう》で遮《さえぎ》られ、

「もしくは、今月の『町内一〇〇人に聞きました・彼の人生は無駄《むだ》だと思う』ランキング一位常連のおまえが仕事をしたいというのか？」

「……………てか、まあ、全《すべ》ての突《つ》っ込《こ》みどころをわきにおいといて聞くんだが……どこの町内でンなランキングが開催《かいさい》されてんだよ」

「ん？　ランキング自体が開催されてるのは、町ではないぞ？　このランキングは、ローランド帝国《ていこく》、ルーナ帝国、そして最近ではここイエット共和国の書店でもおかれはじめた、『月刊・犯罪者《はんざいしゃ》』という公称《こうしょう》二〇〇万部を突破する雑誌で行われているランキン……」

「はいウソ！　ってンなメジャーな雑誌に俺の名前なんかが載《の》るわけ……」

　が、それもフェリスは遮って、

「ちなみに発行者は私だ」

「てめぇがだしてんのかよ!!」

「うむ。スポンサーは王《シオン》だ。主《おも》に各国間の情報操作《そうさ》を目的としていたのだが、各国を股《また》にかけて犯行に及《およ》ぶ、変態色情暴行魔《へんたいしきじょうぼうこうま》ライナ・リュートの動向に、夜に怯《おび》える婦女子方の注目が集まってな。一気に部数倍増となったわけだ」

「……ってそれは、二〇〇万人が俺のこと犯罪者だと本気で思ってるってことか……？」

「うむ。まあ、二〇〇万部というのはあくまで公称なのだがな。実際にはまだ一九八万部で……」

「変わんねぇよ!!」

叫《さけ》んでから、ライナはめまいを感じつつ、

「ああ、まあ、もういいやそれは。考えても疲《つか》れるだけだし……とりあえずだ、話を戻《もど》すと、俺は仕事したいんだって」

するとフェリスは再び怪訝《けげん》な表情になり、

「ふむ……しかし、いったいどういう風の吹《ふ》き回しだ？　いつもなら人生全てを昼寝に費《つい》やそうとするおまえらしくもない」

それにライナは半眼《はんがん》で、

「ってか、俺が仕事をしたがる理由をおまえがわからないってのが、俺には理解できないんだが……」

「なんの話だ？」

「だから！　おまえが急に『働かざるもの食うべからず』なんてことを言い出して、俺への飯の供給《きょうきゅう》を止めてから何日になる？」

「ふむ。確《たし》かまだ七日目か？」

「『まだ七日』じゃねえええ！　もう七日だ！　おまえ普通七日も飯食わせなかったら死ぬぞ？　最初の数日は食料品店の試食めぐりで食いつないでたが……もう、無理だ。いくら俺だって限界《げんかい》だ。ついにブラックリストに載ったか、最近じゃ俺が行くだけで試食品がしまわれるようになってるし……もう二日も飯食ってないんだよ！」

「ん。無理なダイエットは体に悪……」

「やかましいわ！……いや、冗談抜《じょうだんぬ》きでさ、頼《たの》むから仕事くれ。今日だけはなんでもやるから」

なんてことを言うライナに、フェリスはうなずいて、

「しかし、仕事か。『勇者《ゆうしゃ》の遺物《いぶつ》』の、新たな情報も入ってこないし……とりあえずはその情報収集が我々《われわれ》の目下《もっか》の仕事にな……」

が、彼女の言葉の途中で、突然宿の外から声があがった。

「ここです女神《めがみ》様。この宿に奴《やつ》が……」

「うむ。ごくろう。このしょぼくれた宿にあの万年無表情だんご娘《むすめ》がいるというわけじゃな」

なんて会話が聞こえてきて……

それだけでもう、誰《だれ》がそこにいるのかわかってしまった。

食堂の扉《とびら》がバン！　っといきおいよく開く。

そしてあらわれたのはやはり……

長い、艶《つや》やかな黒髪。美しい、少しつり気味の目。フェリスとタメ張れるほど人間離れして整《ととの》っている容姿《ようし》。

スタイル抜群《ばつぐん》の体を巫女装束《みこしょうぞく》に包《つつ》んだその女は、エステラ・フューレルだった。

イエット共和国にある巨大詐欺師《きょだいさぎし》グループの総帥《そうすい》にして、ことあるごとにフェリスとどちらの美貌《びぼう》が上かなんてことで争い、結局迷惑《めいわく》をこうむるのはライナばかりだったりするわけで……

そして今回も、フェリスとエステラが目を合わせた瞬間《しゅんかん》！

エステラが言う。

「は！　やはり貴様程度《きさまていど》の美貌では、こんなひなびた場末の宿屋がお似合いじゃな」

それにフェリスが、

「そういうおまえはまたその巫女服か？　私クラスの美貌になると、どこにいようと、なにを着ようと、女神と呼ばれるのはたやすいのだが……」

と、一瞬、憐《あわ》れみたっぷりの目でエステラを見て……

「おまえにはやはりその巫女服で人を騙《だま》すのが精一杯《せいいっぱい》のようだな」

「なにを！　言わせておけばいい気になりおって!!」

「……ん。やるか？」

刹那《せつな》、食堂に殺気が膨《ふく》れあがる。

フェリスは腰《こし》の剣《けん》に手をかけ、エステラは魔法《まほう》を唱《とな》える構《かま》えをとり……

一触即発《いっしょくそくはつ》。

エステラが登場した途端《とたん》に、この状態《じょうたい》だった。

ライナはそれにあわてて食堂の隅《すみ》へと避難《ひなん》しながら、

「だあああもう！　おまえらこればっかりか！　ってか、ちょっと待てって！　俺を戦闘《せんとう》に巻《ま》き込む前に、一つだけ質問させてくれ！　エステラ、おまえ、わざわざこの宿屋にきたってことは、俺たちに用があるんじゃないのか？」

と、問いかけると突然、エステラがはっとなにかに気づいたようにライナのほうを向き……それから臨戦《りんせん》体勢を解除《かいじょ》して、唇《くちびる》を噛《か》むと、くやしそうな顔で、

「そ、それが……わらわ一人の力ではどうにもならないことがあって……主《ぬし》らの力を貸してもらえないだろうか？」

なんてことを言ってくる。それに、ライナとフェリスは顔を見合わせてから……

フェリスが、

「……ほう。私に頼《たの》みたいことがあるだと？　この天地真っ二つの圧倒的《あっとうてき》な美貌の私におまえは頼みごとをしたいというのだな？」

そして彼女は、エステラの姿をゆったりとした視線で上から下まで眺《なが》めると、それからなぜか勝ち誇《ほこ》った表情で、

「なるほどな……ついにおまえも私に負けを認《みと》め……いや、みなまで言うまい。さあ、負け犬女。私に存分に頼みごとをするが……」

「ぬぁあああ！　黙《だま》れだんご娘！　なんて腹が立つ女なのじゃ!!　やはり貴様と手を組もうなどというのが間違《まちが》いじゃった！　もう許《ゆる》せん。今日こそ白黒はっきりつけようぞ！」

「ん。望むところだ」

と、再び二人が臨戦体勢に突入して……

ライナがそれに、

「だぁあああもう！　それじゃさっきと同じ展開《てんかい》じゃねぇか！　とりあえずたんま！　んで、フェリスはエステラを挑発《ちょうはつ》すんな！　でもってエステラは報酬《ほうしゅう》しだいじゃ、俺いま金ねーし、話聞いてやるからいちいち魔法ぶっぱなそうとすんな！」

その叫びにフェリスとエステラはライナのほうを向き、ようやく落ちついたのか……

フェリスが言う。

「全国二〇〇万人に知られた犯罪者の分際《ぶんざい》で、横から口をだすな」

続いてエステラが、

「うむ。貴様のような万年うだつがあがらない無気力男の力など必要とせぬわ！」

なんてことを言われて……

「こ、こいつら……」

思わずキレかけて、しかし自分に言い聞かせた。だめだ。落ちつけライナ。大人《おとな》になるんだ。こいつらにまともにとりあったら負けだ。

大きく深呼吸《しんこきゅう》して、

「……はぁ……ああはいはいそれでいいから。んで、じゃあ……」

が、その彼の言葉をあっさり遮《さえぎ》ってフェリスが言う。

「それどころかおまえは、世界にも不必要とされた、人生の落伍者《らくごしゃ》だからな。嫁《よめ》に逃《に》げられ、子供《こども》に愛想《あいそ》をつかされ……」

「……ってか俺には嫁も子供もいないし……で、話を戻すと……えっと……だからさっきのエステラの話ってのを……」

が、さらにそれも今度はエステラに遮られ、

「なるほど、わらわが習得した百発百中人相学からも、そういうだらしない男の顔をしておるな。なにをしてもまるでだめ。『だめ』の星の下に生まれたとある」

「……いや、だから俺の話はもういいから……」

「それどころかこの男は幼女《ようじょ》暴行の犯罪者なのだ」

「なるほどなるほど。そういうたちの悪い顔もして……」

瞬間、

「あああああうるさいうるさい！　もうなんでもいいから、いい加減《かげん》に話を先に進めろって！」

結局ライナはキレていた。

すると——そのライナの反応《はんのう》に、フェリスとエステラがなぜかちょっと楽しげに笑ったのを見て……

「………………あ、遊ばれてんのか、俺……」

ライナはもう、ため息《いき》という言葉ではきかないくらいの人生に、絶望《ぜつぼう》を口からはぁっと吐《は》き出したのだった。

あらためて——食堂。

フェリスは気のない様子《ようす》で黙々《もくもく》と剣の手入れをはじめたりしていて……ライナはライナで、ぐったりとした表情で空腹と戦いながらテーブルに突《つ》っ伏《ぷ》している……

その目の前で、エステラが話しはじめたのだった。宿の女将《おかみ》に持ってこさせた甘酒《あまざけ》を一口すると、言う。

「ふむ。なにから話したものか。そうじゃな。わらわがイエット共和国の中でも、最高ランクの魔導《まどう》の腕《うで》を持っているということは、すでに主《ぬし》らも知っておろう？」

それに、ライナはだるそうな声音《こわね》で、

「あ～……まあ、そういやそうかもな。魔法の展開速度……構成の緻密《ちみつ》さ……実はおまえって、ただの迷惑《めいわく》詐欺女に見えて、けっこう実力あんだよな。フェリスに瞬殺されないってだけでも、とんでもないことだし」

するとエステラは大仰《おおぎょう》にうなずいて、

「その通りじゃ。その上この神に祝福された美貌！　向かうところ敵《てき》なしというのがわらわのウリだったのじゃが……そんなわらわにも、どうしても太刀《たち》打ちできない相手がおってな……」

「へぇ。おまえのレベルで勝てない相手ってのは、かなりのモンだな」

が、それにエステラが首を振《ふ》って、くやしそうに、

「いや、勝てないなどという次元ではないのじゃ。気を抜けば即座《そくざ》に殺される……わらわでさえ、逃げるのがやっと……いや、逃げることができただけでも、運がよかったと言うべきか。魔導の力でわらわを遥《はる》かに上回り……剣技でさえ、そこの無表情だんご娘を上回るじゃろう……」

という言葉に、フェリスが反応した。

「ほう。私の剣を上回るというのか？」

続いてライナが、

「って……そりゃとんでもねぇな。人間か？　それ」

が、エステラがあっさりそれに首を振り、

「いや、あれは人間ではない。イエット共和国に古くから巣食《すく》う、伝説の魔物じゃ……」

瞬間、ライナとフェリスは顔を見合わせた。

「伝説の……」

「魔物だと？」

すぐさまライナはいままでのやる気ない態度から一転、いきおいよく起きあがって、

「おいおいおい。こりゃ、俺たち向きの仕事の話なんじゃねぇか？　やっと俺も飯が食え

るようになんのか？」

　続いてフェリスが、

「ん。そう急《せ》くな。まだわからんぞ。いくら『伝説』などという言葉がでたところで、この勘違《かんちが》いハッタリ娘の言うことだ。我々が求めているような『勇者の伝説』に関連しているとは限らない」

「だが、エステラの魔力を上回る上に、おまえの剣技も超《こ》えるんだぞ？　ンなとんでもね化物《ばけもの》がいるわけ……いやとにかく……」

　それにフェリスがうなずいて、

「ん。では話せ」

　すると、

「なにから話そうか。それは……そう……」

　そして、エステラの話し始めたのは、イエット共和国に古くから存在する、ある書物の伝説だった。

　太古から伝わる書物。

　その書物には、なんと、『無から金《きん》を生み出す力』があるのだという。

　瞬間、それにライナが反応した。

「うお、ってそれって、あの不可能だって言われてる錬金術《れんきんじゅつ》に成功してるってことか？」

それにエステラは大きくうなずく。

「うむ。その通りじゃ」

「まじかよ。じゃあ、空気中の物質を分解して、金に再構築《さいこうちく》できるってことか？　でも、はっきり言ってそんな非現実なことはいまの魔導研究じゃありえな……」

それをエステラが遮って、

「じゃが、実際にあるのだからしかたがないじゃろう。そして当然、誰もがその力を欲しがる。じゃが、誰もそれを手にすることはできなかった」

するとライナはそれにうなずいて、

「なるほど。守護者《ガーディアン》がいるってことだな。伝説の勇者が残した遺産に、それを守る守護者《ガーディアン》……なんかだいぶ、話がそれらしくなってきたな。で、それが、イエット共和国に古くから巣食う、伝説の魔物ってわけか？」

「そうじゃ。恐《おそ》ろしい魔物じゃ。数多《あまた》の兵《つわもの》どもが、金を生み出す書物を求めてきゃつに挑《いど》み、そして滅《ほろ》んでいった」

ライナがそれに緊張《きんちょう》した表情で、

「殺されたってことか……？」

が、エステラはそんな生易《なまやさ》しい話ではないとばかりに首を振《ふ》り、

「違う。文字通り滅ぼされたのじゃ。きゃつに挑んだものは当然として、その家族、一族、全てがその呪《のろ》いに滅んでしまう……」

「な……呪い？」

「うむ。わらわでさえも生き残るので精一杯の相手……だからこそ、お主らの力が借りたいのじゃ……こう言うのはシャクじゃが……このイエット共和国で唯一《ゆいいつ》、わらわと並ぶ実力を持ったお主らの……」

とそこでライナは言葉を遮って、

「あーちょっと待て。話はわかったけど、報酬《ほうしゅう》の話がまだだな。おまえに力を貸して、俺たちにどんなメリットがあるんだ？　おまえもその金を生み出す書物が欲しいんだろ？」

それに続いてフェリスが、

「うむ。我々はその手の道具《アイテム》を、他国の者の手に渡《わた》すわけにはいかない。となれば、やはりおまえと我らの利害は一致《いっち》しないな」

が、エステラはそれを鼻《はな》で笑い、

「わらわをなんと心得《こころえ》ておる。そんな奇妙《きみょう》キテレッな道具《アイテム》がなくとも、わらわの勢力はいずれイエットを手中に収めるわ！　じゃが、もしもそのような道具《アイテム》が他の勢力のものに渡

ったのなら、わらわの勢力にとって大きな脅威《きょうい》となってしまう。だからこそ、他国のお主らに、どこぞへと持ち去ってもらいたいのじゃ」

なんてことをまくしたてるように一気に言って……

「ああ、なるほどそういうことか」

ライナはうなずいた。

彼女が言いたいことはもう、よくわかった。

彼女の熱い言葉。

それが、全てを物語っている……

エステラはさらに続けた。

ぎゅっと拳《こぶし》をにぎりしめ、

「だいたい、金を生み出す道具《アイテム》などと、努力なくして手に入れたものに、なんの価値があろうか！」

その熱い言葉に心を突き動かされ、感動に打ち震《ふる》えて、ライナは言った。

なぜか小声で、

「……やっぱすげぇな。詐欺師一味のトップなだけある……ウソつくときにまるで目が泳いでねぇよ」

続いてフェリスも小声で、

「うむ。金を手に入れるのに、楽にこしたことはないからな。間違いなくあのハッタリ娘は、我々を利用して『勇者の遺物』を独り占《ひとじ》めする気だろう」

と、結局ハナからエステラの言うことなど信用していなかったりして……

ライナとフェリスが言った。

「そんなら……」

「利用される前に利用する」

瞬間。

ライナ、フェリス、エステラが……

『ふ、ふふ、ふふふふふふふふふふふふ』

なぜか三人同時に不気味《ぶきみ》に笑い出し……

宿屋の女将《おかみ》は青くなって厨房《ちゅうぼう》へと逃げていったのだった……

そこは、異常だった。

敷地《しきち》はぐるりと鉄柵《てっさく》に囲まれ、入り口には巨大な門。そしてとんでもない数の警備員《けいびいん》が配されている……

まるで、何人も中へ入ることを許さないとばかりの厳戒《げんかい》体勢。

まあ、ライナたちはあっさりと中へと侵入《しんにゅう》することに成功してしまっていたが……

広大な敷地の中を見まわして、ライナは言った。

「ってか……ここには伝説の魔物がいるんだよな？　でもって、太古から伝わる、金を生み出す書物が、ここにはあるんだよな？　だけどそのわりには、警備が近代的すぎないか？　俺は、郊外《こうがい》にある遺跡《いせき》かなんかだと思ってたんだが……」

というライナの言葉とは裏腹に、そこはなんと、イエットで一番栄《さか》えている港街の、ど真ん中にあった……

おまけにその敷地を守っている鉄柵も、巨大な門も、手入れがよく行き届《とど》いていて、まるで新品のように見えるし、敷地の中は綺麗《きれい》な池があり、形の整えられた木々があり、高級庭園のような雰囲気《ふんいき》で……

そこは、遺跡という言葉の正反対にあるような場所だった。

が、エステラが神妙《しんみょう》な面持《おも》ちで、

「それはここが、この街の中心地だからだ。お主らも知っておろう。そもそもイエット共和国は、各国から逃げてきた犯罪者や逃亡者《とうぼうしゃ》たちが集まって作った国。その犯罪者たちが、金を生み出す道具《アイテム》の存在《そんざい》を知ったらどうなる？」

「まあ、ここに群《むら》がってくるだろうな」

「で、とんでもない化物《ガーディアン》がいて、その道具《アイテム》が手に入らないとなれば？」

「………他の奴らに奪《うば》われないように……ああそうか。んじゃ、ここを守ってんのは、ライバルに道具《アイテム》をとられないようにするこの国の有力者……？」

「そういうわけだ。しかし、本当の守護者《ガーディアン》……正真正銘《しょうしんしょうめい》の伝説の魔物は……この庭園の奥にいる……」

その言葉から、エステラの緊張《きんちょう》が伝《つた》わってきた。声が少し、震えている。

彼女は、本当にこの先にあるなにかに緊張しているのだ……

「けど……」

ライナはさらに半眼で周《まわ》りを見まわし、小声で、

「なぁんかうさんくせぇんだよなぁ。それにしたって、なんでここがこんな手入れの行き届いた庭園になってんのかの説明にはならねぇだろ。どう思うフェリス」

するとフェリスは、

「ん。だが、このハッタリ娘ほどの使い手が、これほどの緊張を強《し》いられる相手というのは……」

「ああ。確かに気は抜けないな。とりあえず、もうちょい付き合うか」

言って、二人も少しだけ緊張して、庭園の奥へと入っていく。

そうこうしているうちに……

それは突如《とつじょ》、姿をあらわしたのだった。


「な……」

ライナはそれを見た瞬間、思わずそんな声をあげていた。

いや、フェリスでさえ、小さくうめき声をあげてしまっていた。

それは、信じられない光景だった。

たんなる化物や魔獣《まじゅう》を想像していた二人には、驚愕《きょうがく》の光景……

「いったい……いったいありゃ……なんなんだ……？」

目の前には、一人の老婆《ろうば》がいた。

伸《の》び放題に伸びた白髪に、長い年月をうかがわせる深い皺《しわ》。

その老婆の首だけが……地面からにょきっと生《は》え出していて……

そこに突然、見覚《みおぼ》えのある、黒髪の少年があらわれた。なんか最近よく見かける、エステラと同じような巫女服を着た、利発そうな少年……

それを見て老婆が口を開く。

「おおヴォイス。今日も食事を持ってきてくれたのかえ？」

「はい。おばあさま。今日はおばあさまの大好きなウサギの丸焼きですよ」

「おお、おお、おまえはやはり、役に立つ子じゃな。おまえにさえ任せておけば、このイエット共和国最大の規模《きぼ》を誇《ほこ》る組織《そしき》、フューレル一族《グループ》も安泰《あんたい》というものじゃ。それに比《くら》べてお主の姉《あね》……あのじゃじゃ馬娘のエステラめは……わしを騙《だま》してこんなところに埋《う》めおって……いずれおしおきしてやらねばならぬな」

なんて会話。それにライナは頭をくらくらさせながら、過去に聞いたことがあった、ある会話を思い出していた。それは、エステラとその弟、ヴォイスの会話……

『ふむ。してヴォイス。わらわが落とし穴に落とし、首だけ残して生き埋めにしたおばあさまは、どうしておる？』

『ああ、それはもちろん私が総帥になるのにあの口うるさいおばあさまは邪魔《じゃま》なので、そのままにしてあります。あ、ちゃんと食事は定期的に運んでますから安心してください』

それをライナは思い出して……

わなわな震えながら言う。

「…………ってか、まさかエステラ、てめぇ、あのババアを伝説の魔獣だとか言うつもりじゃ……」

するとエステラは神妙な顔でうなずき、

「そう、きゃつこそが、わらわが唯一恐れる、伝説の魔……」

「なわけねぇだろうが！　じゃなにか？　いままでの金を生み出す道具《アイテム》ってのも全部ウソで、てめえとてめえのババアの家族喧嘩《げんか》に俺らを巻き込もうとしてたのか⁉」

が、それにエステラは首を振って、

「違う。ウソなどついておらん。フューレル一族《グループ》へ楯《たて》ついてくるものを片《かた》っ端《ぱし》から滅ぼしていくおばあさまは、かつて伝説の魔獣と呼ばれて……」

「んなもんただのあだ名じゃねぇか！　はぁ……ったく、最悪だ……道具《アイテム》をくれるってところはウソだろうなとかは思ってたけど、こんなまるでウソばっかりだったとは……俺の、飯が……飯が……ああ、なんか疲れた。帰ろうぜフェリス」

「ん。やはりハッタリ娘の言うことは、しょせんハッタリか……」

と、さっさと帰ろうとする二人。

それにエステラはあわてて、

「ま、待て。しかし金を生み出す道具《アイテム》の話は正真正銘本当なのじゃ。あのおばあさまこそが、イエットに隠《かく》されていた無から金を生み出す書物を手に、フューレル一族《グループ》をイエット共和国第一位の組織へと導《みちび》いた張本人なのじゃからな。あの道具《アイテム》がある限り、わらわの聖女エステラ信奉会《しんぽうかい》は、フューレル一族《グループ》を抜くことはできんのじゃ。だから、道具《アイテム》を手に入れたあかつきには、お主らの好きにしてよいから……頼む。

手を貸してくれぬか……？」

その必死の言葉に、ライナたちは足を止めた。ライナがいまいち納得《なっとく》いかないという表情で、

「なんか……ま～た道理は通ってるんだよなぁ。フューレル一族《グループ》をイエット最大の組織に成り上がらせた道具《アイテム》か……どうするフェリス……？」

「ん。いいだろう。しょせん相手は地面に埋まった老婆一人。たやすい仕事だ。さっさと殺して、道具《アイテム》を奪《うば》って帰るぞ」

「って殺すのかよ！」

というライナの突っ込みに、エステラがなぜか低い声音で……

「ふん。そう簡単《かんたん》に殺せるものならわらわがとうに……あ、いや、では、手伝ってくれるのか？　それは力強い。ではまずはわらわがいこう。あとについてまいれ」

言って、エステラが飛び出した。それにフェリスが続き、最後にライナが、

「なんだかなぁ。だいたい、あんなばあさん一人に、なにもそんな真剣にならな……って

……」

そこでライナの言葉が思わず止まった。目の前をすごい速《はや》さで駆《か》けているエステラが、手を円を動かすように動かし、イエット共和国特有の魔法を発動させようとしていて……

「おいおい！　ちょっと待てよ。それ、攻撃呪文《こうげきじゅもん》か!?　冗談《じょうだん》だろ？　あんな地面に埋まってるババア一人にンなもんぶつけたら死んじ……」

が、その言葉を遮って、突如《とつじょ》、前方からとんでもない咆哮《ほうこう》があがった。

「こりもせずまたきおったかこのじゃじゃ馬娘がぁあああああああああああああああああ！」

瞬間、老婆が地面からものすごいいきおいで飛び出してきて……

「え？　は？　ちょ、うそだろ？　どうやってあの地面から……物理的に無理じゃ……」

しかし、その言葉は再び、目の前で起こった出来事に、止まってしまう。

突然、老婆は横にいたヴォイスを、

「ちょ、お、おばあさ……ぎゃあああ!?」

おもいっきり殴《なぐ》り飛ばしたのだ……

そのままヴォイスは信じられないほどの距離《きょり》を飛んでいきあっさり昏倒《こんとう》。とんでもない拳打《けんだ》だった……老婆とは思えない鋭《するど》い突き。

そして豪快《ごうかい》に笑い出す。

「ふ、ふ、ふははははは！　このときを待っておったぞエステラよ！　本当に、地面に埋めた程度でわしをどうにかできると思っておったか！　地面の中に閉じ込められたと見せかけて、ヴォイスとお主が、わしのいない場所でどれだけわしに逆《さか》らうかを試《ため》してみたのじゃが……お主ら……ずいぶん好き勝手やっておったようじゃのう……これは、おしおきをせねばならんな……」

それにエステラはぐっとうめき、

「や、やはり、演技じゃったか……しかし、今回はいつものようにはいかぬぞ。こちらも強力な助《すけ》っ人《と》を連《つ》れておるのだからな！　今日こそは、貴様の持っておる『サスの書』をいただく！」

「ほう。やはりこの本が欲しいか」

と、懐《ふところ》から、古い装丁《そうてい》の、一冊の本を取り出す。そして、

「じゃが、これはフューレル家正統後継者《こうけいしゃ》だけが受け継《つ》ぐことを許されるもの。まだまだ未熟《みじゅく》なお主やヴォイスに渡すわけにはいかぬわ！　どうしても欲しくば、力ずくでくるがよい」

それにライナは、

「へぇ。あの本が、例の……」

続いてフェリスが、

「奪うぞライナ」

「ん」

瞬間、フェリスの姿が消えた。

人の目ではとらえることができないほどの速さで一直線に老婆へと向かい、ライナは高速で光の魔方陣《まほうじん》を描《えが》き始める。

しかしそれに、老婆がにやりと笑いながら、

「は！ おうおう、活《い》きのよい若造《わかぞう》どもが騒《さわ》ぎよる。じゃがこのベルスブ・フューレルにかなうと思うてか！ 身のほどをしれい！」

刹那《せつな》だった。

ヒュゴ！

という音とともに、フェリスが振るった剣をベルスブが下から蹴《け》り上げて……

「な⁉」

直後、すぐに老婆の掌底《しょうてい》がフェリスの喉《のど》もとにたたき込まれ、吹っ飛ばされる……

それにライナは呆然《ぼうぜん》と、

「じょ、冗談だろ……ふぇ、フェリスがやられるなん……」

するとそ背後にいたエステラが、

「ぼーっとするな！　だから言ったじゃろうが！　きゃつは化け物じゃと！　それも正真正銘イエット最強の化物じゃ！　気を抜くとやられ……」

「ふははは！　もう、遅《おそ》いわ!!」

瞬間、ベルスブが軽く首を回しただけで、長い白髪が唸《うな》りをあげて迫《せま》ってきて……

「や、やば……我・契約文《けいやくぶん》を捧《ささ》げ・大地に眠る悪意の精獣を宿す！」

とっさにライナは身体能力を飛《ひ》躍的《やくてき》に上げる魔法を唱《とな》えて、

「だあああああああ!?」

その場を退《しりぞ》いた。

その後ろで、魔法を唱えようとしていたエステラがその白髪の直撃《ちょくげき》をくらい……

「キャアアアアアアアアア!?」

吹っ飛ぶ。いや、吹っ飛ぶというよりも、空を飛んでいくといったほうがいいかもしれない。そのまま遥《はる》かかなた、見えなくなるまで飛んでいき……

消えてしまった……

それに……

「う、うそだろ……」

ライナは呆然と呟《つぶや》く。

その横にいつのまにか退いてきていたフェリスも驚愕《きょうがく》の表情で、

「信じられん。あれでは……兄様《ルシル》レベルだ……」

「こ、こんなの、どうにもなんねぇぞ……どうする？　逃げるか？」

「本気で言ってるのか？　背中を見せれば……」

「うう……最悪……やるしかねぇのか」

するとベルスブがそれに笑い、

「はっはっは！　お主らはヴォイスやエステラと違い、身のほどというものを知ってるようじゃな。で、どうする？　殺《や》りあおうか？　かつて数多《あまた》の戦場《いくさば》で、伝説の魔獣と恐れられたこのわしと？」

が、それにライナが首をぶるぶる振って……

「いや、あの、その……できれば、見逃《みのが》してもらえたら嬉《うれ》しいなぁなんて……」

続いてフェリスが、

「うむ。しかしその前に、一つだけ聞いておきたいことがある。返答の次第《しだい》によっては、もう一度ここへこなければならないかもしれないからな」

するとベルスブがすっと目を細めた。

「ほう。この状況《じょうきょう》でもう一度ここへくると吐《ぬ》かすか？……なかなか度胸《どきょう》の据《す》わった娘さんじゃのう。ふふ。わしの若いころにそっくりじゃ……よし気に入った。答えてやろう。なんじゃ？　言うてみい」

「ん。聞きたいのは一つだ。おまえの持っているその本は、本当に無から金《きん》を生み出すことができるのか？」

　するとベルスブは神妙にうなずいて、

「その通りじゃ。この『サスの書』には、無から金《かね》を生み出す方法が数多記されておる。サス——すなわち詐術《さすつ》の書。フューレル一族《グループ》が代々書き残してきた遺産《いさん》。ここにはあらゆる詐欺《さぎ》の方法が書かれて……」

「はぁ？　って、ちょっと待て。なに言ってんのかわかんねぇよ。だから、その本は、無から金《きん》を生み出す道具《アイテム》なんだろ？」

「だからそうだと言っておろうが。元手なしで金《かね》を人から巻きあげる。これぞ無から金《きん》を生み出す秘伝《ひでん》の……」

　とそこで、ライナは思わず、

「だからそうじゃなくて!!　俺的には今回の話じゃ、不可能なはずの錬金術《れんきんじゅつ》とか、空気中の物質を再構成とか、そういう言葉がでてくるもんだと思ってたんだが」

しかしそんなライナをベルスブはあっさり、

「そんなことできるわけないじゃろ。子供《こども》のような夢《ゆめ》を見る奴じゃな」

続いてなぜかフェリスまで偉《えら》そうに、

「うむ。いい加減《かげん》大人になれライナ。おねしょをしていいのは五歳《さい》までと決まっている」

なんて言葉に、ライナはしばらく、沈黙《ちんもく》したまま地面を見つめる。

「なんと。こやつ、この年でまだおねしょなどしておるのか」

なぜかライナの体がわなわな震えはじめ、

「そうなのだ。おまけに母の乳《ちち》が恋しいなどと叫んでは、毎夜毎夜見知らぬ婦女子に襲《おそ》いかかって……」

そこまでだった。そこでやっと、ライナが顔をあげた。

そしてそのまま、頭をかきむしって、

「だぁあああああ!! んじゃなにか!? また俺らは騙されたのか!? あうあうあ、もう、キレたぞ! なんかもうフェリスの言うことが気になんないくらいのキレっぷり!? ヴォイスといいエステラといい、あいつらどんだけ俺らに迷惑かけりゃ気がすむんだ!」

すると老婆がそれに笑い、

「ほう。お主らにはずいぶんと、ヴォイスやエステラが世話になっているようじゃな」

「世話じゃねぇ！　迷惑かけられてんだよ！　だいたい、あんたんとこのガキだろ！　なんとかしろよ！」

それに老婆はうむうむとうなずいて、

「そうじゃな。いいじゃろう。ヴォイスとエステラにもおしおきをせねばならぬし……わしはお主らが気に入った。お主らにいいものをやろう。ついてまいれ」

なんてことを突然言ってきて……

「へ？　いいもの？」

「なんの話だ？」

すると老婆はまた、快活《かいかつ》に笑って、

「本当の、『無から金を生み出す書物』じゃよ。いいからついてまいれ」

そうして半《なか》ば強引《ごういん》に、ライナたちは、庭園の奥にある、巨大な建物の中へと連れていかれたのだった。

翌日《よくじつ》。

エステラは毎日の日課、獲物《かも》探《さが》しをしながら街を歩いていた。

歩くたびに、昨日《きのう》ベルスブの白髪にたたきつけられた胸が痛んで……

「くう。おのれあの化物ババアめ……いずれ目にものを見せてくれるわ！」

なんてことをぶつぶつ呟きながら歩いていたそのときだった……

「おい。そこの勘違いハッタリ娘」

聞き覚えのある平坦《へいたん》な声……

それに振り返ると、そこには案《あん》の定《じょう》、昨日はまるで役に立たなかった、無表情な金髪だんご娘がいて、

「なんじゃ。わらわはいま忙《いそが》しいのじゃ。その程度《ていど》の容姿《ようし》のものが、気安く声をかけるでない」

エステラは言い放った。

しかし、それにフェリスはふっと鼻で笑い、

「ほう。そんな態度《たいど》を私にとっていいのかな？　私がせっかく、無から金を生み出す書物を手に入れてきてやったというのに」

「む？　どういうことじゃ？」

エステラが聞くと、フェリスは懐《ふところ》から一冊《いっさつ》の小冊子を取り出した。

瞬間、エステラの表情が強《こわ》ばる。

「そ、それは⁉」

が、フェリスはそれを無視してゆったりと小冊子を開き、中に書かれてる文章を読み始めた。

「『七月四日。アメ。きょうわらわはカサをわすれちゃって、あめにぬれるとおもったけど、おなじクラスのユウちゃんがカサにいれてくれてぬれなかった。そしたらユウちゃんのことがなんかスキになってきちゃったエステラ・フューレル六歳の夏でした』か。ほう。そんな単純な理由で好きになるのか。ずいぶんと簡単《かんたん》な女な……」

「き、き、貴様あああああああ!? どこで、どこでその日記を手に入れ……」

「ん？ これはなんだ？ 『七月六日。ハレ。わらわのこころもハレ。だってユウちゃんがわらわのてづくりおべんと、たべてくれたんだもん。てへ♡』……てへ♡？」

「ぎゃあああああ！ や、やめてくれ！ わかった！ なんでもするから、それを……返して……」

それにフェリスが勝ち誇《ほこ》った表情で……

「ん。ちなみにこれは、無から金を生み出す書物らしいぞ」

するとエステラは恨《うら》みがましい目でフェリスをにらみながら、

「わ、わかった……金を……払《はら》う……」

言って、その場にがっくりと崩《くず》れ落ちたのだった……

ちなみにさらに別の場所で。

ライナがヴォイスの前で、

「『十二月三日。ハレ。きょうは隣《となり》町のメグちゃんのスカートをめくりまくってみた。メグちゃんはまだ一歳なのにうなじが妖艶《ようえん》で、僕の心《ハート》は爆発《ばくはつ》しそうだよ。ただまだ一歳だからなのか、いまいちスカートをめくられるということがわかってないみたいで、恥《は》じらいを見せないところに不満が残るけどね。そこが今後の課題だなと思ったヴォイス・フューレル四歳の冬でした』」

と、日記を読み上げると、ヴォイスはなぜかにっこり笑って、

「あ、それ、僕の日記じゃないですか。どこで見つけたんですか？　懐《なつ》かしいなぁ。メグちゃんかぁ……」

その反応にライナはしばらく半眼で、

「ってか、どんな四歳だよ！……という突っ込みはおいとくとしても……昔の日記を目の前で読まれて、恥ずかしいとかそういう展開《てんかい》には…………………ならないのか？」

が、ヴォイスはそれに首をかしげ、

「へ？　なんで恥ずかしいんですか？　あ、昔の日記を本人の目の前で読んで辱《はずかし》めるとか、

そういうプレイですか？　やるなぁライナさん。さすがです。そのメグちゃんも三歳になったあたりから恥じらいを見せるようになりましてね。いやぁ調教したかいが……」

「やかましいわ！　ってかもう、それ以上はなんか怖《こわ》いから黙《だま》れ……この変態日記も返すから……」

「え？　そうですか？　これからがスゴイのに……ところで奇遇《きぐう》ですね。僕のほうもライナさんにちょっとした依頼《いらい》がありまして」

「ああ、うるさいうるさい！　もうおまえらにはしばらくかかわりたくな……」

が、そこでライナの言葉が止まった。

「…………」

なぜか、絶望《ぜつぼう》した表情。

そのまま空腹に痛む腹を押さえて……

「いや……とりあえず飯食わしてくれるなら……その……一個くらい依頼受けてもいいかなとか思ったりして……」

「ほんとですか！　じゃあさっそく依頼の話なんですが……」

と話しはじめるヴォイスのしょうもない依頼に、

「…………はぁ。俺の人生、これじゃやっぱだめだよなぁ……」

なんて呟《つぶや》いて、今日もまた、深い深いため息をついたのは……

ライナ・リュート十九歳の春でした。

（がーでぃあん・もんすたー：おわり）

わーきんぐ・ぶるーす

プロローグ

「……はぁ……っていう、ため息で始まる一日って、どうなんだろ……」

そんなことを言って、ライナ・リュートはさらにもう一度、ため息をつく。

寝癖《ねぐせ》のついた黒髪《くろかみ》に、猫背《ねこぜ》の長身痩躯《ちょうしんそうく》。気《け》だるげな様子《ようす》で、彼らが滞在《たいざい》している宿の食堂の中にいた、ちょっと信じられないような美人に向かって、

「……なぁフェリス。念《ねん》のために聞くが、俺《おれ》の朝食とかってのは、これから用意されたりすんのかな？」

が——

「そんなものはない」

即答《そくとう》だった。まったく抑揚《よくよう》のない声音《こわね》で、金色の長髪《ちょうはつ》がまぶしい、とんでもないほどの美女が返してくる。ライナはそれに、

「……で、その理由は、俺がちゃんと勇者《ゆうしゃ》の遺物《いぶつ》を探《さが》す任務《にんむ》をしてないから……働かざるもの食うべからず……ってな論理《ろんり》なわけだよな？　それでもう、俺はここ何週間も飯抜《めしぬ》き

生活をさせられてるわけだ」

「うむ」

とうなずいてくるフェリスに、ライナは、

「そこなんだよ。そこが、なんかおかしくねぇか？……………ってか、ちょっとどうしても理解できないことがあって、俺ってばここのところ夜も眠《ねむ》れな……ああ、いや、爆睡《ばくすい》してる上に昼寝もしてるけど、でもとりあえず気になることがあるんだ」

「ふむ。なんだ？」

「うん。いや、俺の気のせいかもしれないけどさ。俺ってばここのところ、ちゃんと働いてるような気がするんだよね。前も、結局はエステラに騙《だま》されただけだったけど、伝説の魔獣《まじゅう》が守ってるとかいうアイテムを探しにいったし……それどころか、こないだなんて、遺物らしきものも一個見つけたよな？」

「見つけたな」

「だろ？　見つけただろ？　見つけたよな？　んで、なのにそれでも俺ってば、仕事してないってことになんのか？　ってのが、最近の俺の悩《なや》みのタネなんだが……」

が、それにフェリスは、やはり無表情のままうなずいて、淡々《たんたん》と、

「うむ。おまえの仕事のしないっぷりに、私は日々悩ませられているな」

「だから働いてるじゃねぇかよ！」

が、それも無視して、フェリスが、

「しかし、結局遺物は王《シオン》に送られなかった。そうなればまた、あの陰険性悪王《いんけんしようわる》は……『ちゃんと仕事をしろ。しなけりゃおまえのお気に入りのだんご屋を潰《つぶ》すぞ』などと、全世界、八千億《おく》人のだんごファンを敵《てき》に回すような信じがたい卑劣《ひれつ》な発言をしてくるのだ。そんな危険《きけん》な王から、だんご屋を守るという重大な任務を背負《せお》った我々《われわれ》は、朝食など摂《と》る間もなく、動かなければならない。つまりは、そういうことだ」

なんて言葉に、ライナは半眼《はんがん》で、

「…………ほう。それで俺は、だんごサマのために、飯抜きで働かなければならないと……そういうわけか？」

「そうだ」

あっさりうなずいてくるフェリスに、ライナはたじろぎながら、

「…………えと……ま、まあ突《つ》っ込《こ》みどころを突っ込んでたら話が進まないから、だんごのために働くってことは、百歩譲《ゆず》ろう……そのために俺たちは飯抜きで働く必要があるってのも、千歩譲る。だが、その飯抜きのはずのおまえが、いま食ってるのは、なんなんですか？　ってのを、聞かせてくれるか？」

と、ライナはさっきからぱくぱくと、フェリスが無表情のままぱくついているものを見つめて言った。するとフェリスは、

「ん。これはだんごだ」

「即答《そくとう》かよ⁉　いや、だから、何度も言うけど、飯を食う間《ま》もなく働くんじゃなかったのか？」

「おまえがな」

「ああああああもう、ぜってーそういう展開《てんかい》だと思ってたけどさ！」

ライナはもう、半泣きで叫《さけ》んだ。最初っからこうなることはわかってたのだ。

そのまま、疲《つか》れた表情で、

「で、てめぇは働かねぇと……そういうことか？」

「うむ。私は私で、おまえとは別の、だんごの探求《たんきゅう》という仕事があるからな。男がだんごの運命を守り、女は家でだんごの探求にいそしむ。これが平均的な、いまどきのカップルの理想形らしいぞ」

「どこのカップルの話だよ‼　ってか、おまけに俺とおまえはカップルでもなんでも」

が、そこまで言いかけて、ライナの言葉が突然《とつぜん》止まった。そのまま腹《はら》を押さえて……

「……はふ……ああ、だめだ。腹減《へ》り過ぎて、もうどうでもよくなってきた……」

力なく言う。

それにフェリスが、なぜか嬉《うれ》しげに、

「ん？　死ぬのか？」

「…………」

が、それにも答える余裕《よゆう》はない。

やばい。このままじゃ、絶対やばい。そんな言葉だけが頭の中をぐるぐる巡《めぐ》っていた。

ここでフェリスを相手に言い合いを続けていても、朝食がでてこないことは間違《まちが》いないのだ。こんなことで体力を使っている余裕はない。となると……

「もう、俺に残されてるのは、最後の手段《しゅだん》しか……ないのか……」

ライナはひどく疲れた声音《こわね》で言う。

それにフェリスが、

「最後の手段？　なんの話だ？」

それにも答えずに、ライナはふらふらと歩き出す。

「ん？　どこへいくのだライナ？」

その問いに、ライナは今度こそ、生きる気力を完全に失《うしな》ったような、まるで死人のように疲れ果《は》てた顔で振《ふ》り返って……

「どこ？　どこ、か。そうだな。言ってみれば、死地だな。いけば必ず人が死ぬ、それほど危険な場所……とだけ、言っておこうか」

なんてことを言って、悲愴《ひそう》な表情で死地へと向かおうとするライナにフェリスが言った。

「土産《みやげ》に買ってくるのは、だんごが喜ばれるぞ」

その土産を買う金もねぇんだよ！

と、叫ぶ気力はもうなかった。

ライナは軽く手をあげて、

「じゃ……ちょっとでかけてくるわ……」

「うむ。気をつけてな」

「あいよ……」

そうして、ライナは宿を出ていったのだった。

死地。生きる望《のぞ》みのない場所。ライナはそこへと向かって、歩《あゆ》みを進めていた。

「ああ……俺がこんなことをすることになるとはなぁ……ってか、絶対無理だよなぁ……とりあえずはめんどくさくて死ぬね。次に眠くなって死ぬだろ。でもってから、疲れて死んで……ああ、とにかく死ぬよきっと……」

そんなことを言いながら訪《おとず》れた先は、一軒《いっけん》のレストランだった。目立つ、ピンク色に塗《ぬ》られた屋根に、かわいらしい装飾《そうしょく》の施《ほどこ》された看板《かんばん》。以前にフェリスと一度だけきたことがあるレストランだった。別に高級でもなく、かといって、しょっちゅう食べにこられるほど安くもない。いわゆる普通《ふつう》のレストランだ。イエット共和国内に何軒かある、チェーン店。客席は十五席くらい。

デザートの種類が多くて、なおかつ美味《おい》しいということで女の子たちの人気を取り、ウェイトレスの女の子たちの制服《せいふく》がかわいいということで、男の客をうまく集めているという、なかなかの繁盛店《はんじょうてん》だった。

常に人手が不足しているのか、壁《かべ》にはいつもこんなチラシ。

『店員急募《きゅうぼ》。若い人たちが集まる、楽しい職場《しょくば》です。あなたも私たちと一緒《いっしょ》に、わいわい働いてみませんか？　時給は最初の三か月は……』

ライナはそれをぼんやりと読んでいき……

最初に出た感想はこれだった。

「わいわい働きたくねぇ……」

続いてこれ、

「ってか、働きたくねぇ……」

だが、もう限界《げんかい》が近いのだ。とりあえず、飯！　フェリスが王《シオン》から支給されてくる金をこちらに回してこない、この状況《じょうきょう》を打開するには、自分で飯を食うための金を調達しなければならないのだ。

めんどくさい話だが……

ライナはもう一度だけ、店員募集のチラシをげんなりと眺《なが》めてから、

「はぁ……仕方ねぇなぁ……」

レストランへと入っていったのだった。

一章・面接の達人

「君、いくつ？」

レストランの裏にある、店員用の個室。

そこで中年の男の前に立たされて、ライナは質問を受けていた。やる気が死滅《しめつ》してしまったような、面接を受ける人間とは思えないような脱力《だつりょく》した態度《たいど》で、

「歳《とし》？　あ～……いくつだっけな。確《たし》か、十九にはなってると思うけど」

するとジロリと中年男がにらみつけてきて、

「ちょっと、なんだよそれ。はっきりしてもらわないと困《こま》るんだがね」

「じゃあ？」

「あ、じゃあ、十九で」

「いやいや、えっと、十九です。はい」

「ったく……こっちは忙《いそが》しい中面接してんだから、しっかりしてくれないと困るよ。歳は……十九……と」

言って、中年男は手に持った用紙にチェックを入れていく。

「で、いままでにこういうところで働いた経験《けいけん》は？」

「レストランだよ。飲食店で働いたことある？」

「こういうところ？」

「いや、ないな。ないとまずいのか？」

「いや、まずくはないが……じゃ、いままではどんな業種で働いてきたの？　ここは人気店だからね、けっこー忙しいし、キツイけど、耐《た》えられる？」

なんてことをきかれてライナは考えた。いままで俺、どんな業種で働いてきてたっけ？

「………」

と、思いを巡《めぐ》らせてから、

「あー。なんかあんまり働いた記憶《きおく》ってないなぁ」

すると途端《とたん》に試験官の表情がくもって、

「ああ？　その歳で働いたことないの？……まったく、だから最近の若いもんは……俺なんて六歳のときには家計を支えるために働いてたってのにな……そんなんで、うちの仕事が勤《つと》まるかねぇ」

なんてことを言われて、そこで、はたとライナは気付いて、

「ああ、六歳のときのこととかでもいいんだったら、働いたことあるぞ？　子供の頃《ころ》にいた、特殊《とくしゅ》施設《せつ》の訓練《くんれん》の合間《あいま》に、任務で、何度か戦場で戦わせられたことがあるよ。あとは……暗殺任務の依頼《いらい》なんかもきてたけど、あれはめんどいからさぼってたかな……」

が、中年男は、その言葉にあきれた表情で首を振って、

「おまえなぁ……ここイエット共和国では、戦争なんて起きたことがないだろうが、ったく。どうせつくなら、もっとましな嘘《うそ》つけよ。だがまあ、わかった。つまりは、それくらい辛《つら》い思いをしてるから、どんな辛い仕事でもやれますってことが言いたいんだろ？」

「いや、どんな辛い仕事もやりたくないってのが本音《ほんね》なんだが……」

が、皆《みな》まで言わせず、中年男が続けた。

「ま、うちも人手が不足してるしな。いいだろう。うちで一度働いてみろ。働いたこともないぼっちゃんが、どれくらいがんばれるか、見ててやるから。で、どこで働きたい？」

「え？　どこでって？」

「だから、給仕《ウェイター》か？　調理か？　それとも掃除係《そうじ》か？」

それに、ライナはなるほどと手を打って、

「ああはいはい。そういうことね。んと、俺的に言えば、三食昼寝付きで、あとはぼんやり一日を過ごしてれば金がもらえるようなそんな仕事を……」

「あるわけねぇだろうがそんな仕事が！　ったく、これだから、ぼっちゃんは……ああ、じゃあもう、こっちで勝手に決めるからな。仕事はいつからがいい？」

「腹減《へ》ってるから、とりあえず今日《きょう》からで」

そうして、ライナは職を手に入れたのだった。

二章・これぞプロの掃除術

「……………」

イエット共和国内にすでに四つもあるという、人気のチェーン店。その倉庫《そうこ》は、当然、大きかった。そんな中を、ライナは作業服に身を包み、モップを片手に立ち尽《つ》くしている。

周囲には、ライナと同じ姿《すがた》をした男たちが、すごい勢《いきお》いで倉庫を掃除していて。

モップをかけ、ゴミを捨て、梱包《こんぽう》された食材を整理し、それでも次々と食材が運び込まれてきて、また汚《よご》れて、掃除して、掃除して、掃除しても……いっこうに綺麗《きれい》にならない。

そんな光景をライナはぼけっと眺《なが》めながら、

「やぁ〜みんな大変そうだねぇ」

瞬間《しゅんかん》だった。

『てめぇも働けよ!!』

一斉《いっせい》に倉庫中から声があがる。続いて、

「新入りのくせになに怠《なま》けてやがんだ」

「先輩《せんぱい》の俺らのぶんも働くってのが筋《すじ》じゃねぇのか?」

数人の、この職場のボス格らしい、ガタイのいい男たちがライナを脅《おど》かすように言ってきて……さらに今度は優《やさ》しげな、ここでは最年長らしい、四十代くらいの男が、

「ま、まあまあ、ゴルさんも、バルラさんも、勘弁《かんべん》してやってくださいな。まだ彼もきたばっかりで、なにをやっていいのかわからないだけなんですから。な? 君も先輩たちの

仕事を手伝おうって、思ってたよな？」

そんな助け船《ぶね》をだしてくれる。その優しげな男は、助けてやるから、話をあわせろと言わんばかりに目で合図《あいず》してきてくれて……

ライナはそれにうなずき……言った。

「ああ、えっと。俺的には掃除はめんどくさいからしたくないや」

刹那《せつな》。

『じゃあ、てめぇはここになにしにきたんだよ!!』

もっともな叫びだった。今度こそ、助け船を出してくれた男も一緒《いっしょ》に叫んでいて。

しかしライナはと言えばそれに、ぱちぱちと拍手《はくしゅ》して、

「いやぁさすが、みんなが楽しくわいわい働いてる職場って言われるだけあるなぁ。叫ぶときも見事にハモってる。じゃ、その調子でみんな働いてくれ」

それに、助け船を出してくれた男が、

「そ、そうなんだ。ここは、そういう楽しい職場なんだよ。まあ、ゴルやバルラも、多少気の荒《あら》いところもあるが、いい奴《やつ》らだし……あ、申《もう》し遅《おく》れたが、私はコナーっていうんだ。ああ、先輩とかつけなくて、呼び捨てでいいからね。じゃあ、私と一緒の場所で、掃除を始めようか。手取り足取りわからないことがあったら、なんでも教えてあげるから」

なんて優しく言ってくれて……

しかし、ライナは神妙《しんみょう》な顔で首を振り、

「ああごめん。親切にしてくれるのはありがたいんだけど……俺はほら、昼寝とかしなきゃいけない時間なんだよ。わかるだろ？　だから、掃除なら一人でやってく……」

瞬間だった。

「いったいおまえは何様なんだ!!」

またもコナーがもっともなことを叫んで、拳《こぶし》を振り上げる。すると今度は、ゴルだのバルラだのと呼ばれていた男たちがさっきとは逆に、必死でそれを止めながら、

「お、落ちつけコナー！　職場の人間殴《なぐ》ったら、クビになっちまうだろ！」

「離《はな》せゴル！　もう私は勘弁《かんべん》ならんのだ！　人がせっかく親切で助けているのに、馬鹿《ばか》にしおって!!」

「ま、まあ待てってコナー！　おまえには八歳になる娘《むすめ》がいるんだろうが！　ここ、クビになったら、娘どうすんだよ！　学費はどうするんだ！」

「う……くう……うう、だが！　私はこんな、人生をなめくさってる奴は許《ゆる》せんのだ！」

そんな会話。

いろいろな人々のいろいろな人生。

それをライナはぼけーっと眺めてから、

「で、じゃあ俺は昼寝を……」

『てめぇは出てけっ！』

そうして、掃除人ライナの仕事は終ったのだった。

三章・手荒れの先にあるもの

「じゃあ、おまえはまだ新入りで、なにもできないだろうから、とりあえず仕事覚《おぼ》えるまでは皿洗《さらあら》いでもしてろ」

調理場主任のドレヌからそう言われて、ライナは流しの前にいた。

次々と運び込まれてくる皿、皿、皿……

それを目の前に、またも立ち尽くしている。

昼時のレストランは、殺人的だった。順番待ちができるほど、めいっぱい入った客たちは、これでもかと皿を汚して返してきて……

それがライナの目の前にある、水がたまった大きな桶《おけ》の中へと次々放りこまれる。ライナはその皿の汚れを流して、隣《となり》の、綺麗な水の入った桶でさらにもう一度流してから拭《ふ》いていく、という仕事を任《まか》されていたのだが……

「いや、ちょっと、この量洗うのは無理だろぉ……水仕事すると、手痛くなるしなぁ……だいたい、けっこう疲れんだよね」

一枚も洗わぬうちにそんなことを言い出す……

「ってか、やっぱこの時間は昼寝どきだしなぁ。皿洗うか、昼寝するか……ああ、ってか、もう喋《しゃべ》るのもめんどくなってきた」

ライナの言葉は、そこまでだった。

もちろん、そんな間にも皿はどんどん、どんどん増《ふ》え続けていくのだが……

そしてやがて。

調理場でこんな声があがり始める。

「あれ、パフェ用のグラスが……どうしましょう主任。パフェのグラスがありません！」

「なにぃ？　んなわけあるか！　いままでパフェ用のグラスが切れたことなんて……」

が、それに続いて、別の場所で、

「主任、お子様ランチ用のプレートも切れました！」

「だぁからそんなわけが……」

「しゅ、主任、普通の皿が全部、全部、ありません！」

「あぁ!?　どうなって……」

とそこで、ドレヌは振り向いた。

皿洗いコーナーにいる、新入りのほうを。

するとそこにはもう、洗われないまま山になっている食器と、その横で優雅《ゆうが》に椅子《いす》に座《すわ》ってうとうとしているライナが……

刹那！

「ぶっ殺すぞてめぇ！」

ドレヌは思わず手に持っていた包丁《ほうちょう》を投げつけていた。そしてそれは、運が悪いことにドレヌが思っていたよりも正確に、一直線にライナの顔面へと向かっていって……

なのにライナは眠ったまま。

ドレヌは顔を青くして叫んだ。

「やばい!?　新入り、よけろおおおおお!?」

が、起きない……

瞬間、ドレヌの頭に、まるで走馬灯《そうまとう》のようにいろいろな光景が浮《う》かんできた。家で待っている妻《つま》と娘の笑顔《えがお》。このレストランで主任に昇進《しょうしん》したときのこと。待望の娘が生まれたときのこと。

このレストランで働いていた妻に、初めて声をかけたときのこと……

幸せな記憶《きおく》たち。

しかし最後には、殺人犯《さつじんはん》として、捕《つか》まっていく自分の姿と、泣き喚《わめ》く妻と子の顔……

「お、終わった……」

絶望《ぜつぼう》した声で、そう呟《つぶや》いた。

しかし。ライナはといえば、飛んできた包丁をひょいっと指と指の間で受け止め……

「んぁ？　ああ、もう仕事の終わる時間か？　俺、そんなに寝たっけ？」

なんてことを言っていて……それに、

「んな……た、助かった……」

ドレヌはそのまま、床《ゆか》にへたりこんでしまった。

四章・素材にこだわる料理人

「いやぁ新入り。あの鮮《あざ》やかな包丁の受け止めっぷり……ありゃ、相当包丁に慣《な》れた人間の動きだと俺は見たね。おまえ、ほんとはどこかで包丁を振るっていた人間なんだろ？」

なんてことをドレヌに言われて、しかし、ライナは昼寝を途中《とちゅう》で起こされた眠気《ねむけ》でふらふらしながら答えた。

「へぇ？　あ〜、ンな経験《けいけん》はまるでないんだけどなぁ。まあ、とんでもない勢《いきお》いで包丁やら長剣《ちょうけん》やらだんごの串《くし》やらで毎日襲《おそ》われてるから慣れてるっていや慣れてるけど……」

「ほうほう。だんごの串か。やっぱり料理関係にいたんだな」

「いやだから、違うって……」

「ああ、ああ、わかってるって。皆まで言うな。人には誰《だれ》にだって、人に言えない過去があるからな。俺だって、二十一歳のときにいまのカミさんに出会ってな。そんとき、カミさんはなんと十四……カミさんが十六過ぎるまではひた隠《かく》しに付き合ったもんよ」

「……そんなのと一緒にされてもなぁ……」

と、ライナはげんなりと言いながらも、調理場の真ん中まで連れて行かれて……

ドレヌが言う。

「まあ、あんたみたいな料理経験が長い人間に、皿洗いなんてさせちゃあ、そりゃ、やる気がなくなるってもんだよなぁ。これからは、俺の片腕《かたうで》になって、ここで料理してくれよ」

「りょ、料理？」

するとドレヌはうなずいて、

「レシピはそこのテーブルにあるから、早くこの店の味を覚えて、俺を楽させてくれよ？じゃあ、はじめようか」

そんなこんなで、どういうわけか、ライナは料理係になったのだった。

ドレヌはさっさとなにかしら注文を受けて、それを作り始めてしまい……さらにまたもライナは包丁を片手に、立ち尽くしていると、

「あ、新入りさん！　クリームスープスパゲティ入りました！　よろしくお願《ねが》いします」

「いや、だからよろしくったって……スープスパゲティ？　ンなもん、食ったこともねぇしなぁ……」

困《こま》ったように頭をかいてから、とりあえず、用意されていたレシピを見てみる。するとそこには、使用する材料と、その分量が書いてあって……

パスタ。生クリーム。牛乳《ぎゅうにゅう》。オリーブオイル。だし。塩。コショウ。野菜と魚介類《ぎょかいるい》。

それをしばらく見つめ、

「ああ、まあ、これを全部あわせりゃいいなら、できないことは、ないか。さて、んじゃ、なにからやろうかね……えーと、とりあえずオイルを温《あたた》めて……魚介と野菜を炒《いた》め……」

とそこで、早くも問題が発生する。

フライパンのそばにオイルはあったが……

ライナは横にいた男に聞いた。

「魚介と野菜ってのは、どこにあんの？」

「うん？　魚介は保冷庫《ほれいこ》にあるよ。野菜は向こうの棚《たな》に新鮮《しんせん》なのが毎日仕入れられてる」

言われてライナは振り向いてみると、保冷庫は調理場の右端《みぎはし》、棚は正面にあって……取りにいくには十歩ほど歩かなければいけない。

それに……ライナは肩《かた》をすくめて、

「ん。ちょっと遠いな。取りにいくのめんどいや。まあ、スパゲティなんだから、麺《めん》が主役だしな。ちょっと野菜や魚介が入ってなくても大丈夫《だいじょうぶ》だろ」

なんてめちゃくちゃなことを言って、再び料理を再開する。レシピを見て、

「えーっとそれで、スープを作るのに、だしと生クリーム、牛乳、塩、コショウと……」

と、また周りを見まわしてから、隣の男に、

「あのさ、またちょっといいか？」

「もう、なんだよ。俺も忙しいんだぞ？」

「いやいや、すぐすむから。えっと、なんだっけ。ああ、生クリームと牛乳ってどこにあんの？　あと、だし」

「それなら、生クリームと牛乳は、俺がいまデザート作ってたから、ここにあるよ。だしは向こうの戸棚に固形ブイヨンがある」

「え〜、また向こうの戸棚かよ」

ライナが嫌《いや》そうな声をあげる。それに、

「なんだよ？」

「あ、ううん。なんでもないなんでもない。気にしないでくれ……まあ、あれだよな。だしなんて入れなくても、生クリームと牛乳の、素材の味だけでいけると俺は思うんだよね。えっとそれで、塩と、コショウ……」

が、見まわしても調味料の姿はなく……

ライナはさらに、

「あのさ……」

「だぁから俺は忙しいって言ってんだろ！」

短時間に何度も声をかけられまくって、男は半ギレだった。ライナはそれをながめて、

「いや、これがもう、最後だから。えと、あんたがいま使ってるその白い粉《こな》、なに？」

「あんなぁ……俺りゃデザート作ってんだぞ？　砂糖《さとう》に決まってんだろうが！」

「じゃ、その黒いのは？」

「に、見えるか？　ゴマだよ、ゴマ！」

「あ、その黄色い水っぽいのは、もしかしてだしじゃないのか？」

「ハチミツ！　ってか、おまえほんとに料理人なのか？　これをどう見れば、だしに見えるんだよ！」

「いや、聞いてみただけだって。そか。ハチミツか……ちなみに、パスタはどこに」

「それも向こうの棚！　ってもう、おまえと話してると仕事になんねぇ！　俺が使ってた材料全部ここにおくから、一人でやってくれよ。なんでも使っていいから」

「お、ほんと？　ありがと」

ライナがそう言うと、男はふんっとそっぽを向いて、歩き去ってしまう。

とそのときだった。後ろから、

「客からスープスパゲティまだかっていう催促《さいそく》がきてるんですが、まだですかぁ？」

それにライナは慌《あわ》てて、

「ああ、あとちょっとだけ待ってろって言っとけ。もうすぐできるから」

「早くしてくださいよ！　こっちはもう、てんてこ舞《ま》いなんですからね」

「はいはい」

言ってから、再び料理に目を向ける。

生クリームと牛乳が煮詰《につ》まっていくフライパンを眺め……

ライナは腕組みをし、しばらく考えこんでから……

意を決したように、だしと、調味料を加《くわ》えていく。

ハチミツ、砂糖、ゴマを……

「ま、色さえあってりゃ、味も似《に》たようなもんになんだろ。料理は彩《いろど》りが命って、どっかで読んだことあるし」

それは違うだろ？　という突っ込みは、もう、どこからも入らない。

そのままライナはもう一度後ろを振り向き、ちょっといったところにある、パスタの収《おさ》められている棚を見つめてから……

今度はさっき隣でデザートを作っていた男が使っていた、白玉《しらたま》だんごへと目を移《うつ》し……

「ま、パスタも白玉も、同じ炭水化物《たんすいかぶつ》だし……」

もう、無茶苦茶《むちゃくちゃ》だった。

しかしライナは自信満々の声音で、

「あいよ、クリームスープスパゲティいっちょあがり！　けっこうな自信作だぞ」

これを、スープスパゲティだと言いきった……

ちなみにこの五分後。

あたりまえだが、ライナは調理場を追い出されることになる……

五章・伝説のウェイターの伝説

「わぁ、ライナさんって、背《せ》が高ぁい」

「この店の制服似合《にあ》うー♡」

「料理もしたことがないし、荷物も運んだことがないほどお金持ちのぼっちゃんだっていうの、本当ですか～？」

「恋人っているんですか～？」

かわいらしいピンクの制服に身を包んだ女の子たちに囲《かこ》まれ、ライナは今度こそ立ち尽くしていた。いや、女の子に囲まれて立ち尽くしているわけではない。荷物運びに皿洗い、料理と、度重《たびかさ》なる重労働によって、もう、疲労《ひろう》の限界に達しており……

「眠《ね》みぃ……」

なんてことを言うとすぐさま女の子たちが、

「あ、あ、お疲れですか？　じゃあライナさんは休んでていいですよ！　ここは私ががんばりますから！　だからぜひ、玉《たま》の輿候補《こしこうほ》に私を……」

「あ、ずるい！　ライナさんの財産《ざいさん》は私のものよ！」

「いいえ私の……」

そんな、いまいち嬉《うれ》しくないライナの取り合いにげんなりしているところに、

「なんじゃこりゃあああ!!」

店内に突然《とつぜん》、怒声《どせい》が響《ひび》き渡《わた》った。続いて、

「おいおい、この店は、こんなもんを客に出すのかよ!?」

そんな声。店内は一気に静まり返り、緊張感《きんちょうかん》に包《つつ》まれる……

そして、ライナがその声のした方向へとゆっくりと顔を向けると、そこにはあまりにも案《あん》の定《じょう》な光景があって。

ガラの悪そうな、体格のいい三人の男が、ウェイトレスの一人に向かって、

「あぁ？　この店は、こんなものをだすのかって、聞いてんだよ！」

と、虫のようなものを見せつけて言う。

それにウェイトレスは頭を必死で下げて、

「も、申《もう》し訳《わけ》ありませ……」

「申し訳ありませんですむ問題だと思ってんのか！　俺らは虫食わされそうになったんだぞ！　この責任《せきにん》、どうとってくれるつもりなんだよ！」

なんて会話。

それをライナはぼけーっと眺めて、

「なんか、ありがちなことやってんなぁ」

すると、ライナを囲んでいた女の子たちが、

「あいつら、たまにくるんですよ。いつか問題を起こすと思ってたけど……どうしましょうライナさん……」

「え？　いや、どうしましょうって言われても、俺ここは新人だしなぁ」

「でも、でもこのままじゃアンナが、アンナが！　ライナさん、アンナを助けてください！」

なんてことを言われて、しかし。

「いやでも、こういうのはほら、あんまり問題を大きくしないほうがいいっていうか……穏便《おんびん》にいったほうがいいっていうか……」

途端《とたん》、女の子たちが突然、失望の目でライナを見つめて、彼から離れていく。

そのまま、みんな無言。

しかしライナは相変わらずさっきと変わらない眠そうな顔で、

「んじゃ、みんなが言ってくれてたように、俺は疲れてるから、店の奥で休ませてもらおうかな」

なんてことを言うと、女の子たちは小声で、

「最低。逃《に》げるんだ」

「そこそこ顔がよくて、金持ちらしいからって期待《きたい》したけど、アテが外《はず》れたわ」

「いざというときに頼《たよ》りにならない男なんて、願い下げよね」

小声のわりには、微妙《びみょう》にちゃんと聞こえるようになっているその声を聞きながら、しかし、なぜかライナは満足《まんぞく》げにうなずいて、

「じゃ、俺は寝《ね》るから、あとはよろし……」

が、そのときだった。ガラの悪い男たちが、

「謝《あやま》ってすむ問題じゃねぇって言ってんだろ！　てめぇは痛い目みねぇとわからねぇよう

だな！」

言って、拳《こぶし》を振り上げて……

刹那《せつな》。

ひゅっと、空《くう》を切る音が鳴《な》って、男の頭に飛んできたコップが直撃《ちょくげき》する。

男はそれに頭を押さえて、

「なにしやがる!? 誰だこんなもん投げたのは!!」

叫んで、それにライナが、

「ああ、いや、その、違うんだって。たまたまさ、コップが手からすべって……」

「嘘《うそ》つくんじゃねぇえええ！ てめぇかこのやろう。よくもこんなナメタまねしてくれたなぁ！ 俺たちが誰だかわかってんのか？ ああ？」

なんて言いながら、ライナのもとへと三人の男がつめよってきて……

女の子たちはきゃーきゃー言って逃げ惑《まど》う。

それにライナは疲れた顔で、

「はぁ……めんどくせぇなぁ……だからわざとじゃないって言ってんのに……腹減ってるからあんま俺、体動かしたくないのにな」

が、そんなライナの言葉とは裏腹に男たちはもう、いまにも怒《いか》りを爆発《ばくはつ》させんばかりの

勢いでライナに迫《せま》ってきて、

「俺らをなめるとどうなるか、思い知らせてや……」

殴《なぐ》りかかろうとして、しかし、ライナはそれをひょいっとかわすと、足を引っ掛けて、転《ころ》ばせる。続いて、

「てめぇ！」

そう言って殴りかかってきた男も、ひょいっとよけて、足を引っ掛けて転ばせる。

「くそ、よくも兄貴《あにき》を⁉」

そう言って殴りかかってきた男もやはり……以下略《りゃく》。

それにライナはため息をついて、

「ってか、なんでみんな同じ殴り方？」

しかし、それには誰も答えずに、床に倒《たお》れ伏《ふ》した男の一人が、ライナをにらみつけて、

「こ、こんなことしてどうなるか、わかってんのか？　俺らは、あの、フューレル一族《グループ》のもんなんだぞ？　こんな店、俺らにかかればすぐに潰《つぶ》せんだぞ⁉」

なんてことを言ってきていて……

ライナは今度こそ、頭を抱《かか》えた。フューレル一族《グループ》という名前に。

その名前には、聞き覚えが……というより、忘《わす》れたいと思っても忘れられないほど聞き

覚えがあった。フューレル一族《グループ》の若き当主、ヴォイス・フューレルには、ここイエット共和国にきて以来、さんざん迷惑《めいわく》かけられどおしなのだ。

というより……ライナはもう一度ため息をついてから、地面に横たわる男を起き上がらせると、言った。

「あのな。おまえ、ちょっとヴォイスの所に帰ったら、奴に伝《つた》えてくれよ」

その、言葉を聞いた途端、男の顔が蒼白《そうはく》になる。

「な、なぜ、その名前を……フューレルの一員しか知らされない、ボスの名前を……ま、まさかあんた、ボスの知り合い……」

が、そんな言葉は無視してライナは続ける。

「いいか？　伝言《でんごん》だからな？　ちゃんと伝えろよ？　じゃあいくぞ？　これだ。『おいヴォイスてめぇ、仕事の報酬《ほうしゅう》ちゃんと払えよ！　てめぇが金払わねぇから、俺はこんとこ飯も食えず、フェリスにいじめられっぱなしだろうが！　このままちゃんと報酬払わなかったら、まじでフューレル一族《グループ》丸ごと潰すぞ！　こっちは腹減って気がたってんだ！』

どうだ？　覚えたか？」

するとそれに、男はもう、ぶるぶる震《ふる》えて、

「は、はい……す、すいませんでした。ま、まさかあなたが、ボスとゆかりのあるかたとは露《つゆ》知らず……」

「ああもう、それはいいから、ちゃんと伝えろよ？　あと、ここにはもうくんな。それと、女に手をあげんな。いい？」

『わ、わかりました！』

「じゃ、帰れ」

『はい』

一斉に言って、男たち三人は飛び出していく。それから店内はしばらく沈黙《ちんもく》に包まれて……

そして、

「す、すごおおい！　ライナさんって、やっぱりすごい人だったんですね！」

「あの、フューレル一族《グループ》を潰すだなんて……」

「もう、一生貴方《あなた》についていきます！」

さらには、面接のときに会った、この店の店主まで、

「うむうむ。君はなにかが違うと、最初から私もわかっていたのだよ。あ、もちろん給料もアップさせてもらうよ。だから、用心棒《ようじんぼう》として、ここにいてくれ……いや、ぜひ、いて

ほしい」

なんてことを言ってきて、ライナはそれに、

「へ？　用心棒？　それって問題が起きるまでは昼寝とかしててもいいってことかな？」

「もちろん」

「それで、金もらえんの？」

「ああ、けっこうな額《がく》をだせるよ。なにせ、うちは人気店だからね。それも日払いだ」

それにライナは呆然《ぼうぜん》として、それから、

「まじで？　やべぇ。ひょんなところで天職見つけちまった。これでやっと飯にありつけるし、あとは寝てりゃいいなんて……ああもう、フェリスのとこ帰んのやめようかな」

そんなことを言って、幸《しあわ》せな気分でとりあえずは、平和な一時《ひととき》を過ごしたのだった。


しかし、それも束《つか》の間《ま》……

店が終わったあと、ライナが店主のもとへいくと、なぜか店主はにやにやと笑っていた。

そして、

「いやぁライナ君。君も隅《すみ》におけないねぇ」

なんてことを言ってきて、

「へ？」

ライナは首をかしげる。しかし、相変わらず店主はにやついたまま、

「まあね、君くらいの男になれば、それも当然だろうが、いや、それにしても驚《おどろ》いた」

「ってなにが？　ああ、まあいいや。それより、今日の給料くれよ。はぁ。やっとこれで飯が食える」

するとさらに店主は笑って、

「へぇ。彼女は料理もうまいのかい？　そりゃ、すごいなぁ。うらやましい限りだよ」

「だからなんの話……ああもう、とにかくなんでもいいから、金をくれって」

「だぁから、おまえの嫁《よめ》さんが取りにきたから、もう渡しといたって」

なんてにやにや笑いながら言ってきて、

「はぁ⁉　嫁？　ちょっ嫁ってなんだよ⁉」

「え？　だから、あのとんでもないほど美人な……」

が、そこまでで、もう、ライナは店主の言葉は聞こえなくなっていた。なにがいま、目の前で起こっているのか……

明白だったから……

フェリスだ。フェリスが、ライナの今日の稼《かせ》ぎを全部持っていったのだ。

「じょ、冗談《じょうだん》だろ？　俺、けっこー今日一日大変だったのに……全部、無駄《むだ》？」

店主が言う。

「ま、帰って嫁さんの料理でも食べて、また明日からがんばろうな」

「………」

ライナはそれにもう、答える気力もなかった……

エピローグ

ライナが宿へと帰ってくると……

相変わらず食堂でだんごを食べていたフェリスが、ライナを見るなり、

「ん。お勤《つと》めご苦労」

「やかましいわ!!」

「なんだ。なにを怒《おこ》っている？」

「そんなの決まって……いや、もう、いいや。疲れたからもう、なにも言わないでくれ」

腹減りのピークを完全に通り越《こ》し、なぜか悲観的《ひかんてき》になりながら、言った。

もう、いいことなんてなにもないのだ。世の中疲れることばっかりで……

とそのとき、フェリスが、

「あ、そうだ。珍《めずら》しいことに、ヴォイスからおまえあての小包《こづつみ》が届《とど》いていたぞ。なにやらの報酬らしいが、心当たり……」

が、フェリスが言い終わる前にライナは、

「ある！　きた！　ついにきた！　最後の最後にいいことあった！　ああ、やっぱ世の中捨てたもんじゃないな。これでやっと、飯が食える！　で、どこにその小包はあんだ？」

「おまえの部屋だ」

「よし！」

そうしてライナはすごい勢いで部屋へと戻《もど》り、ベッドの上に載《の》っていた小包を見つけると、それを乱暴《らんぼう》に開ける……

「…………」

すると中には、さっきのレストランで使われていた、女の子用のピンクのかわいい制服と、一枚の手紙が入っており……

『いやぁさすがはライナさん。お目が高い。あのレストランの制服はいいですよね！　わかってます、わかってますとも。あなたが私同様、お金などよりこういったものを日々、求めさまよう、熱い心を持った旅人なのはわかっているのです。どうですかこの服⁉　このピンクっぷり、このフリルっぷり。ライナさんにとってはこれがなによりの報酬だと思い買っておきました。どうぞお納《おさ》め下さい』

なんてことが書いてあり……

瞬間だった。ライナは絶望した表情で、

「……………ああ、もうこの際、この制服、フェリスにでも着せてみるか……」

なんて、死を覚悟《かくご》していても、とても怖《こわ》くて言えないようなことを平気で呟くほど、いまの彼は人生に疲れ果《は》ててしまっていた……

（わーきんぐ・ぶるーす：おわり）

それなりに伝勇伝

ジェルメ、最後の授業

魔術《まじゅつ》を駆使《くし》した戦闘《せんとう》ということでいえば、それは努力だけではどうしても埋《う》められないものがあると、ジェルメ・クレイスロールは考える。

だから思わず、

「……いつも思うけど、神様は本当に、不公平よねぇ」

そんなことを呟《つぶや》く。それからすぐに、

「ま、神様なんてのが、いればの話だけど」

小さくそう続けた。

そして彼女は、目の前で繰《く》り広げられている戦闘を見つめ、鋭《するど》い瞳《ひとみ》を、さらに細める。

本当に鋭い瞳だった。肩《かた》まで伸《の》ばした藍色《あいいろ》の髪《かみ》に、引き締《し》まった細身の体を、軍服に包んでいる。

美人……と、呼ばれていい部類に入るだろう。

だが、人は彼女を、そうは呼ばない。

その眼光《がんこう》が、まだ、二十歳《はたち》前後という若《わか》さの彼女が持つには、あまりにも鋭過ぎたから。

数々の修羅場《しゅらば》をくぐり抜《ぬ》けてきた者だけが持ちうる、威圧《いあつ》と、殺気と。

そしてかすかな後悔《こうかい》と……

その瞳で、彼女は組手の真っ最中である自分の生徒たちを見つめた。

天才――いや、もしくは化物《ばけもの》と呼ばれ――ここへ集められてきた、六歳《さい》になったかならないかという幼《おさな》い子供《こども》たちへ。

彼女の生徒は、三人だった。

ライナ・リュート。

ペリア・ペルーラ。

ピア・ヴァーリエ。

その中でもずば抜けて強いのは、唯一《ゆいいつ》の女の子である、ピアだった。

そのピアが、言う。

「えっへっへー。ほらほら、ライナもペリアも、男のくせに二人がかりでもあたしをとらえられないっての？　まあったく情《なさ》けないったらありゃしない。ま、天才のあたしをあんたらノロマの男どもがとらえられるわけないけどねー！」

天才。

確《たし》かに、それは彼女のためにあるような言葉だろう。

整《ととの》った顔だちに、珍《めずら》しい水色の髪。この髪の色が、彼女の能力《のうりょく》を示《しめ》している。

通常では考えられないほど大きな魔力を持つ、『先天性魔導異常《まどういじょう》』の能力者。

この能力を持つ者は、他者との協調性を失う、と言われているが……ジェルメはそうは思っていない。あまりに大きな力を幼いうちに持ち過ぎるために、少々気が大きくなってしまうのだ。

現にピアは、ジェルメの教えを素直《すなお》に守って、この一年で信じられないほどの強さを身につけていた。

まあそれでも、

「口が悪いのは全然直んないけど……」

と、ジェルメは苦笑する。

でもとにかく、ピアは天才だった。

しかし、彼女の才能の開花は、その強大な魔力に頼《たよ》らず戦う術《すべ》を身につけたところから始まった。

他者よりも、遥《はる》かに大きな魔力を持ちながら、しかし、ピアは魔術の天才ではなく、純《じゅん》粋《すい》に戦闘の天才だったのだ。

まだ六歳という幼さで、彼女はあらゆる局面で、一瞬にして綿密《めんみつ》な策略《トリック》を張《は》り巡《めぐ》らし、勝利をおさめることができる。

ピアの動きはすでに、芸術と言ってもいいほどの域《いき》に達し始めていた。

いまも彼女は、悪戯《いたずら》な笑《え》みを浮《う》かべ、

「てりゃ！」

と、掛声《かけごえ》とともに、一瞬《いっしゅん》、右へと体を動かそうとする。足の運びも、そちらへと向く。

それに反応《はんのう》して、右方向にいた、やる気ない黒目に、寝癖《ねぐせ》のついたざんばらの黒髪、子供のくせに、なぜか妙《みょう》に覇気《はき》に欠《か》ける少年……ライナ・リュートが、

「わわ、こっちくんの⁉」

と、身構《みがま》えるが、しかしそれはフェイント。

その隙《すき》に背後からは、もう一人の少年——肩まで伸びた柔《やわ》らかい金髪《きんぱつ》に、目を閉じたままという、ライナとはまた違う、子供らしくない、どこか達観したような顔の少年——ペリア・ペルーラが迫《せま》ってきていて……

その、ペリアに向けてピアは、

「っと見せかけてこっちー♪」

明るい声とともに、予備《よび》動作なしの後ろ蹴《げ》りを放って……

ジェルメはそれに、

（うわ……あれは私でもよけられないわ……）

心の中で苦笑した。

まだ六歳の子供に、あれほど完璧《かんぺき》な動きをされたら、苦笑するしかない。

本当に、この子は……

が、しかしペリアは、

「甘《あま》いっ！　読みどおり！」

と、あっさりその蹴りを、体を翻《ひるがえ》すだけで避《よ》けてしまう。

「なっ……」

ジェルメは、思わず目を見開いた。

ペリアの動きさえ、彼女の予想を、超《こ》えていく。

ペリアは笑みを浮かべ、

「残念。全部見えてるよ。ピアにはいつも騙《だま》されどうしだから……もう、表面は見ないことにしたんだ。表面じゃなく、その奥《おく》の筋肉《きんにく》の軋《きし》みを感じれば、君の動きと、フェイントはバレバレだよ」

なんてことを言い出す。

表面に騙されず、敵《てき》の気配《けはい》を読んで戦う。

それは、戦闘の基本《きほん》だ。だが、いまペリアが言っているのは、そういうことじゃない。

目を閉じて戦う彼は、文字どおり本当に、ピアの皮膚《ひふ》の下で動く筋肉の軋みを、感じているのだ。

『全結界《ぜんけっかい》』

そう呼ばれているのが、ペリアの能力。

視覚《しかく》、聴覚《ちょうかく》を失うことを代償《だいしょう》に、体に、結界を発生させる魔方陣《まほうじん》の刺青《いれずみ》をローランド軍に無理矢理《むりやり》組みこまれ……その結界によって、通常では知覚できないほど広い範囲《はんい》の出来事を、深く、まるで手に取るように知覚することができる能力……

その能力で、彼は敵の、筋肉の動きまでも感じて、

「今度こそ、僕の勝ちだね、ピア！　これで終わ……」

と、殴《なぐ》りかかろうとするペリアの拳《こぶし》を、しかし、

「だぁから凡人《ぼんじん》は嫌《いや》なのよねぇ。あたしが、人の体の中を覗《のぞ》き見するようなすけべ男子に負けるわけないじゃないの。その、筋肉の軋みも……」

と、ピアは余裕《よゆう》の笑みでとらえてしまって。

ペリアが驚愕《きょうがく》の表情で、

「な……筋肉の動きの音が止ま……」

「乙女《おとめ》は体動かすときに、音なんかたてないのよ」

「じゃ、じゃあ、さっきのは」

「もち、フェイント♪」

そのまま、ピアは一気にペリアを背負い、

「でもって、今回もこれで、あたしの一人勝ちぃー！」

投げる。

それも、その二人の信じられない動きに右往左往《うおうさおう》しているだけだった、ライナへと向けて。

ライナはそれにただ、

「わ、わわわ、ちょ、ちょっと待ってちょっと待……」

しかし、さらにピアは容赦《ようしゃ》しない。

ペリアを投げたあと、すぐさま手を躍《おど》らせ、空間に光の魔方陣を描《えが》き始めて、

「求めるはぁ……」

それにペリアが、

「う、嘘《うそ》ぉ!? ぴ、ピア！ もう勝負ついたって！ この状態で魔法撃《う》たれたら……ら、ライナ、なんとかしてっ!?」

「え？ お、俺《おれ》ぇ？ 無理だって！ 向こうのが先に詠唱《えいしょう》始めて……ああもう！」

と、ライナも手を空間に躍らせ始める。

しかし、無理だ。

ジェルメはそう思った。

もう、間に合わない。このタイミングではもう、ピアの魔法を止めることは、どれほど熟練《じゅくれん》の術師でもできないだろう。

これで終わりだ。あとは、教師であるジェルメが、組手の終了を合図するだけ。

だが……

「…………」

ジェルメは止めない。

するとピアが、指を動かしながら、こちらをうかがってくる。

まだ止めないのか？　このまま魔法を撃っていいのか？

そういう目で、こちらを見つめる。

撃てば……ピアが魔法を放てば、ライナとペリアは、死ぬ。彼女は『先天性魔導異常』の能力者だ。通常の数倍の魔力を生み出せるかわりに、その威力《いりょく》を調整することができない。

小さな子供二人ぐらい、一瞬で消炭《けしずみ》になってしまうだろう。

だが……

ピアが言う。

「求めるは雷鳴《らいめい》……」

が、すぐさまその声をかき消すように、

「求めるは雷鳴〉〉・稲光《いづち》」

ライナが叫《さけ》んだ。

なんと、ライナの魔方陣のほうが、先に完成したのだ。

「うそ⁉」

それに、ピアが驚《おどろ》きの表情で叫《さけ》んでから、

「ああもう！」

彼女は、とっさに魔方陣を構築《こうちく》するのを取りやめて、その場を退《しりぞ》く。

刹那《せつな》。

ライナの魔方陣の中央に光が集まり、雷撃がピアへと……

しかし、ピアはすでにその場を退き、一直線にライナへと駆《か》けよって、後ろから彼の髪の毛をつかむ。そしてライナを、飛んでくるペリアへと、

「わわわわ！　た、たんま！　俺の負け‼」

「ぼ、僕も負け！　降参《こうさん》するか……」

しかしそこまでで、

『ぎゃあああああああああああ』

二人が悲鳴《ひめい》を上げたところで、

「終了〜！」

ジェルメは言った。

しかし、勝ったはずのピアがすぐさま、なぜか怒《おこ》ったような表情ですぐに、

「ちょおっとライナ！　いまの、なんなのよ？　いくらあんたが魔導オタクで、魔方陣の構築スピードが速いからって、いまのはないでしょう？　あきらかにあたしの魔法のほうが、先に完成するはずだった。なのに、なんであんたの魔法が先に完成しちゃうわけ？　どんな卑怯《ひきょう》な裏技《うらわざ》使ったわけ？」

なんて言葉に、ペリアと重なりあって倒《たお》れているライナが顔をしかめて、

「……ま、魔導オタクって……」

「いいから早く教える！　じゃないと……」

言ってから、ピアは再び魔方陣を描き始めて、

「ぶっ殺……」

「って、ちょっと待った！　お、教えるから!!」

ライナは怯《おび》えた表情で言ってから立ち上がり、それから、なぜかちょっとだけ嬉《うれ》しそうな表情になって、

「まあ、なんだ。さっきやったことを、理論《りろん》的なところから話すと……」

と、ピアとペリアに説明しようとした瞬間！

「ほら！　やっぱ魔導オタクだ！　そうやって自分が新しく覚《おぼ》えたことを、説明したくてしょうがないんでしょ？　なにちょっと嬉しそうにしちゃってんの？　ガキくさー」

ピアが突《つ》っ込《こ》んで。

「な……ピアが教えてって言ったんじゃ……」

「あ、おまけに自分がいい気になってたの指摘《してき》されて恥《は》ずかしいからって、人のせいにしようっての？　だぁからライナはオタクっぽいって言われんのよ」

「……う……またオタクって……そ、そうなのか？　俺ってばオタクなのか？」

などと、ライナはなぜかどんどん気弱になってペリアに助けを求めて、それにペリアは困ったような表情で、

「ま、まあまあピア。あんまりライナをいじめ……」

が、そこで、

「あんたもぼっちゃん刈《が》りやめて、髪伸ばしたからって、大人《おとな》ぶってるんじゃないわよ」

「え……あう……ピアがぼっちゃん刈り気持ち悪いって言ったから伸ばしたのに……」

と、ペリアはがっくりうなだれて。

それにライナが横からペリアの肩を叩き、

「き、気にすんな。大丈夫《だいじょうぶ》。いまの髪型、かっこいいって。な？　だ、だから、がんばろうぜ。なんか、今日のピアは、一段と機嫌《きげん》が悪いみたいだし……」

そんな、会話。

しかしジェルメはそれに……

「まあ、ピアが機嫌が悪くなるのも、わからないではないけどねぇ……」

小さくそう、呟《つぶや》いた。

ライナが、最後に放ったあの『稲光《いづち》』。

あれが、ピアの機嫌を損《そこ》ねているのだ。

あの魔法の、あまりの異常さに……

まったく。この子供たちを教えていると、あんなものを毎日見せられるのだ。だからこそ、神様は不公平だなどと、考えさせられる。

魔術を駆使した戦闘に必要なのは、修練《しゅうれん》だ。

より多くの修練を積《つ》み重ねた者だけが、強者となる。

仮《かり》に『稲光《いづち》』という魔法を使うとして……まずはその『稲光《いづち》』の魔方陣を、どれだけ速《はや》く描けるようになるか？　そしてどれだけ速く魔法を放てるようになるか？

あらゆる戦況《せんきょう》で、よりスムーズに使えるように、修練を積み重ねていく。

それをどれだけ積み重ねたか。それで、魔導兵の強さは決まる。

だが……

このライナという少年は、こんな眠《ねむ》そうな顔をしながら、あっさりとその、もう一つ先へと進んでいってしまう。

ローランドの魔導学者たちが研究に研究を積み重ねて創《つく》り出した『稲光《いづち》』という魔法の特性、構成《システム》を完全に理解し……

さらにそれを、いじる。

戦況にあわせて、魔方陣を省略《しょうりゃく》し、あるいは書き換《か》えて使用する。

いま、彼が使った『稲光《いづち》』も、呪文《じゅもん》の完成を速めるために、描かなければならない魔方陣の構成を、大幅に省略してしまっている。

それは、ありえないことだった。

通常新たな魔法が開発されたとして、それを使えるようになるのに、初めて魔法を覚える者なら二年……すでに魔法を覚え、かなり熟達《じゅくたつ》している者でも……

そう。ジェルメほどの者でも、使えるようになるのに二月。いや、実戦で使うためには半年はかかるのではないだろうか？

その魔法の構成を変える……つまり、魔方陣をいじられてしまえば、再び使えるようになるのに、また二か月はかかるだろう。

だが、ライナは使える。

それは、彼が『複写眼《アルファ・スティグマ》』と呼ばれる特殊《とくしゅ》な瞳……ただ、見ただけで、あらゆる魔法の構成がすべて見えてしまい、さらに、それを使えるようになってしまうという、特殊な瞳……を持っているせい、ではない、とジェルメは思っている。

ただ見て、使えるようになるだけでは、彼の力は説明できない。

彼はさらに、その魔法を、構成《システム》からいじるのだ。

魔法に対する、天才的な理解力《りかいりょく》と感性《センス》。

それが、彼の本当の力。

『複写眼《アルファ・スティグマ》』など、その能力からすれば、ほんのおまけに過ぎない。

それは努力では埋《う》めることができない。

彼は経験《けいけん》と修練によってではなく、知識《ちしき》を増《ふ》やすごとに、強くなる。

この一年、彼らと過ごしてジェルメは思い知らされるかのようだった。

自分がいかに、凡庸《ぼんよう》な能力しかもっていないかということを。
一対一ならまだ、彼女のほうが力は上だ。
だが、それもすぐに追い抜かれるだろう。
まだ、たった六歳の子供に……
天才。
いや……
「…………」
ジェルメは、目を細めた。
他の者は、そうは、呼んでくれないだろうと思ったから。
あまりに非凡《ひぼん》過ぎる能力は、こう呼ばれるのだ。
化物、と。
そして彼女は、その化物の行く先を知っている。
いや、化物と呼ばれた人間を、もう一人知っていた。
その、化物の顔を思い出して、
「……ちっ」
ジェルメは、顔をしかめて舌《した》うちする。

「ったく、嫌《いや》な奴《やつ》のことを、思い出した……」

そして……

とそこで、ジェルメの思考は遮《さえぎ》られる。

ピアが、怒ったような、しかしそれでいて無邪気《むじゃき》な顔をこちらへと向けて、

「ちょおっとジェルメ！　これどういうことよ!!　ライナってば、魔方陣省略なんていう卑怯《ひきょう》な技《わざ》使ってんのよ！　あたしたちはそんな技習ってないのに、ちょっと贔屓《ひいき》じゃない!?」

続いてライナが、

「いやだから、これは俺が自分で……」

「うそつかない！　あんたなんかにそんな高度なことができるわけないじゃない！」

「ま、まあまあピア、そんなふうに……」

「うるさいエセぼっちゃん！」

「え、エセぼっちゃ……」

なんて、そんな今日も元気な生徒たちの姿をジェルメはしばらく眺《なが》めてから……

表情を緩《ゆる》める。

それから、

「ん。今日の組手の結果は、悪くなかったわよ。三人とも、この一年でずいぶんと伸びたわねぇ。特別に、全員明日は休みにします。次の訓練《くんれん》に備《そな》えて、ゆっくり休んでおきなさい」

言って、踵《きびす》を返した。

その後ろから、

「ちょっとジェルメ！　それじゃ答えに……」

が、それに軽く手を上げて、

「ライナの言うとおり、いまのはライナが自分で魔法をいじったのよ。それができるのはライナが天才だから」

「そんな……」

しかし、それも遮り、

「でもピア。あなたのほうがもっと天才だから、文句《もんく》言わないの。結局、勝ったでしょう？」

するとすぐさまピアの言葉が一瞬止まり、それから嬉しげな声で、

「ま、まあね。やっぱりジェルメはなかなかわかってるじゃない。ほらね？　いまのを聞

いて二人もわかったと思うけど、そういうわけなのよ」

それに、ペリアが安堵《あんど》の息《いき》をついて、

「わかってるって。ピアにはとてもかなわないよ。ね、ライナ」

さらにライナは、なぜか嬉しそうに、

「ああ。ピアにはかなわない」

そう言う。

そんな三人の会話に、ジェルメは微笑《びしょう》を浮かべた。

一年もの間、共に過ごした彼らの扱《あつか》いはもう、慣《な》れたものだった。

自尊心《じそんしん》の高いピアは褒《ほ》めておけば大人しいし、そのピアを褒めれば、争いを好まないペリアはすぐに納得《なっとく》する。そしてさらに、自分の、特別な力を忌《い》み嫌《きら》っているライナに関しては、ピアという、自分よりも上位者がいるということに、安心する。

それぞれが違《ちが》う性格、違う役割《やくわり》を演じていて。

それはまるで、家族かなにかのようだった。三人はもう、本当の兄弟のようで。

この一年、うまくやってきたと思う。

だが……

そこで、ジェルメは一度、振り返った。

背後では三人が、いつもどおりけなしあって、笑いあっていて。

それにジェルメは、悲しげに目を細めてから、なにか言いかけ……

しかし、結局は首を振る。そして、

「……ま、終わらないものなんて、ないものね……」

するとそこでピアが、彼女のその言葉が聞こえたのか、

「あらジェルメ、ま～た男にフラれ……」

「フったのよっ!!」

ジェルメは即座《そくざ》に怒鳴《どな》っていた。そのまま、

「まったくあの男ってば、自分から告白してきたくせに、ちょっと殴《なぐ》ったぐらいで、泣きながら別れてくれなんて言い出しやがって……」

それにペリアが、

「な、殴った？　もう殴ったの？　ジェルメ、昨日《きのう》告白されたーって喜んでたばっかりじゃなかったっけ？　なのに昨日の今日で、フラれるなんて、いつものことながら驚愕《きょうがく》……

ぐぎゃあアああああああああ!?」

というところで、なぜか悲鳴が上がって……

続いてライナが、

「………い、いや……あの、お、俺はそんなこと思ってないぞ？　あ、あれだよ。や、やっぱり、そんなくだらない男は、ジェルメほどの美人にはあってなかったっていうか……な、なんというかその、お、男なんて、女の人に殴られるためにいるようなもんなんだから、ちょっと殴られたぐらいで別れようなんて、情けないっていうか……だからその……と、とにかく、殴らないで……」

なぜかぷるぷる震《ふる》えながら言ってきて。

それにジェルメは大きくうなずいた。

「ふむ。さすがライナは、よくわかってるわね。これでまた一歩私のお婿《むこ》さん候補《こうほ》として昇進《しょうしん》したわよ」

という言葉に、ライナは驚愕の表情で、

「う、うそ!?　い、いやいやいやいやいや、そんな俺なんか、まだまだジェルメとは全然釣《つ》り合わないって！　その、きっと、もっとすごい王子様がジェルメを待ってるというか……」

「あら、ライナってばまたうまいこと言うわね。そうよねぇ。こんないい女、男がほっておくはずないもんねぇ。今日終わった恋《こい》は、これから出会う、新しい恋のための布石《ふせき》！　ああ、なんか、ちょっとやる気でてきたわー。ってなわけで、私は夜のバーへと繰《く》り出しまーす。お子様たちは、早く寝るように」

言って、再び勢《いきお》いよく歩き出す。

するとその背後で、ピアが、

「なんだかなぁ。ライナってば、この一年で、口がうまくなったわよねぇ。ちょっと女の敵《てき》よ？」

「そ、そんな。仕方ないじゃないか」

「だーめ。あたしの中での好感度はグーンと落ちましたー。で、ペリアはペリアで、女心が読めないダメ男っぷりに、好感度がグーンと落ちましたー」

「ええ!? 僕もなの!?」

そんな会話。

それを後ろに聞き流しながら、しかし、ジェルメはふと、顔を悲しげにひそめた。

そして、思う。

終わらない恋なんてない。

終わらない、友情も。

そう。

やはり終わらないものなど、この世にはなに一つないのだ。

◆

いつの時代も、天才と呼ばれる者はいる。

ジェルメ・クレイスロールもその一人だった。

やはり孤児《こじ》で、しかしその能力を買われて軍の訓練所に入る。そしてまたたくまに才能を発揮《はっき》して……

彼女は天才と呼ばれた。

異名《いみよう》はいくらでもあった。

氷の暗殺者。

美貌《びぼう》の魔導師《まどうし》。

酒乱《しゆらん》の女豹《めひよう》。

……ちなみに、最後の通り名で彼女を呼んだ男は、両手両足を折られてしばらく再起不能になったという話は、おいておくとして。

彼女は、天才だった。

誰《だれ》もが彼女を恐《おそ》れた。

誰もが彼女に憧《あこが》れた。

しかしそれでも。

化物と呼ばれるほどでは、なかった。

だから彼女は、自分を天才だと思ったことは一度もない。

本当の天才——

化物とまで呼ばれた男が、彼女の世代にはいたから。

その男の才能は、常識《じょうしき》を超《こ》えていた。

魔導。格闘《かくとう》。戦術。

そのあらゆる面で、天才と呼ばれていたはずのジェルメを上回る。

当然、ジェルメはその男を超えるよう、求められた。ジェルメ自身も、その男を超えようと努力した。

だが、すぐに不可能だと悟《さと》った。

それほど実力に違いがありすぎた。

ある日、こう聞いたことがある。

なぜ、それほどまでに巧《たく》みに、あっさり魔法が使えるようになるのか？

すると男は迷惑《めいわく》そうな顔で答えた。

『魔術の理論書は、読むだけで読み手が順序よくそれを使えるようになるよう、書かれている。なら、理論書を読めば、使える。

質問はそれだけか？』

殺してやろうかと思った。

同じ理論書を読んで、同じだけ勉強して、なのにその男が使える魔法の数と、彼女の使える魔法の数は、おそらく倍は違《ちが》うから、恥《はじ》を忍《しの》んで質問したというのに……

さらにある日、こう聞いたことがある。

なぜ、それほどまでに格闘能力が高いのか？

すると男はまたも迷惑そうな顔で、しかし、淡々《たんたん》とした声音《こわね》で、

『格闘の理論書は、読むだけで読み手が順序よく強くなれるよう、書かれている。なら、その理論書を読めば、強くなれる。

質問はそれだけか？』

ぶっ殺してやろうかと思った。

同じ理論書を読んで、同じだけ訓練をして、なのに組手で彼女はまるで彼に勝てないから質問したというのに……

質問するたびに、この男のことが嫌《きら》いになる。

なんてむかつく奴《やつ》なんだろう。

そう思った。

おまけに、こちらが質問するたびに迷惑そうな顔をするのだ。こんな美女がわざわざ恥を忍んで聞いてやっているというのに。

だから、さらにさらにある日、こう聞いてやった。

なぜ、そんなにもいつも迷惑そうな、不機嫌《ふきげん》な顔をしているのか？

すると男は、やはり迷惑そうな顔で、一言。

『迷惑だからだ』

殺害決定。

そう思った。

いや、もうそれじゃおさまらない。そんななまやさしいことじゃ怒《いか》りは収まらない。なんとかしなくちゃいけない。あの、いい気になった鼻持ちならない男を、地獄《じごく》の底に突き落としてやらなきゃいけない。どうする？　どうすればいい？　胸《むね》が苦しい。あまりの悔《くや》しさに、胸が苦しい。

これはもう……

これはもう、この愛を告白するしかないじゃないかっ！

……なぜか、いつのまにやらそういう結論になっていた。
だから、こう言ってやった。
わ、私と、付き合ってくれませんか？
すると男は、今度こそ本当に迷惑そうな顔になって……
『……好意は嬉《うれ》しいが、すまない。いまはその暇《ひま》がない』
フラれた。
あっさりだった。
そして泣いた。
一晩泣き明かして……
翌日《よくじつ》には、男のことが本当に嫌いになっていた。
いまでは、それが正解だったと思う。
その日以来、男と口をきかなくなり、しばらく月日が流れ……
そしていま。
彼女は顔を歪《ゆが》めた。
「また……嫌《いや》な奴に会った……」

場所は、訓練所から街の行き付けのバーへと最短距離《きより》で抜けられる近道。

その途中《とちゆう》にある、黒い壁《かべ》を張り巡《めぐ》らせた巨大《きよだい》な建物《たてもの》。

その前に、そいつはいた。

彼女をフった、あの男はいた。

それも、彼女が告白した当時とはまるで違う、変わり果てた姿《すがた》で。

年は彼女と同じ、二十歳《はたち》。いや、もう二十一になっただろうか？　彫《ほ》りの深い、精悍《せいかん》な顔つきに、きびきびとした身のこなし。

だがいまは、その精悍な顔だちには似合《にあ》わない、にこにことまるで媚《こ》びへつらうかのような笑みを浮かべていて……

いや、実際《じつさい》に媚びを売っているのだ。

目の前にいる、太った中年の貴族《きぞく》――いや、直属《ちよくぞく》の上司である、『忌破《いみやぶ》り』追撃隊《ついげきたい》を取りまとめている少佐に向けていて……

それにジェルメは、さらに顔を嫌悪《けんお》に歪《ゆが》めた。

見たくない姿だった。

彼女が、唯一《ゆいいつ》かなわなかった存在。この男を抜くために彼女は必死で頑張《がんば》って……それでもだめで、憧《あこが》れて。

なのに……

と——男は一瞬《いっしゅん》、こちらを見る。ジェルメの姿に気づいたようだった。

だが、すぐさま貴族のほうへと顔を向けると、

「例の女は、手配済《ず》みです。今夜にでもご用意できますが」

すると軍人とは思えないほど緩《ゆる》み切った体を揺《ゆ》らして、貴族が下品な笑みを浮かべ、

「おお、おお、相変わらずおまえは手際《てぎわ》がいいな。今宵《こよい》の趣向《しゅこう》も、楽しみにしているぞ」

「楽しんでいただければ、光栄です」

「うむ。おまえの用意する女は、他の貴族たちからも評判《ひょうばん》がいいからな。そら、以前の宴《うたげ》では、侯爵《こうしゃく》様も変わった趣向でおもしろいと喜んでおられた。おまえのおかげで、ずいぶんと私もいい思いをしているしな。そうだ、そのうちおまえにも褒美《ほうび》を……」

が、それに男は首を振り、

「いえ、私は与《あた》えられた仕事をしているだけですから。孤児《こじ》だった私が貴族であるあなたのために働けるというだけで、これ以上の幸せはありません」

なんてことを言う。

すると貴族はさらに笑って、

「そうか、そうか。ふふ、かわいいやつだな。私についておれば、間違いはないぞ。おま

えは、他の愚民《ぐみん》どもとは違うからな。身を粉《こ》にして貴族に忠誠《ちゅうせい》を尽《つ》くすおまえの姿勢《しせい》は、いずれむくわれるだろう」

そんな、会話。

それに、ジェルメはもう、自分の耳を疑《うたが》いたくなるほどだった。

本当にこの男は、変わってしまった。

かつて天才と呼ばれたはずのこの男の評判は、いまは最悪だった。

貴族に取り入るためなら、なんでもする男。

聞こえてくるのは、信じられないほど悪い噂《うわさ》ばかり。

出世のために、地べたに這《は》いつくばり、その靴《くつ》をなめただとか。

貴族のために、女を斡旋《あっせん》しているだとか。

まあ、さすがにそこまでないだろうと思っていたが……

「ありがとうございます」

そう、頭を下げる男の姿に、ジェルメはさらに苛《いら》立《だ》つ。

その先の会話は、耳に入らなかった。いや、聞こえなかった。あまりにも腹《はら》が立って。

貴族が去っていき。

しかし、男は頭を下げ続ける。貴族の姿が消えるまで、彼は頭を上げない。

それが、ジェルメの癇《かん》に障《さわ》る。

彼にはもう、最低限の誇り《プライド》すらないように見えた。

それが、ジェルメの癇に障る。

もう、無視《むし》しよう。

そう思った。

なぜ、立ち止まって、彼の会話なんか聞いてしまったんだろう。どうせ気分が悪くなるだけだとわかっているのに。本当に馬鹿《ばか》なことをした。さっさとバーへいって、酒を飲んで、帰って寝《ね》よう。

そう思った。

だから、頭を下げ続ける男の隣《となり》を、無視して通り過ぎようとして……

しかし、なぜか足が止まる。そして、男へと向かって、

「………さすが、天才と呼ばれたラッヘル・ミラー軍曹《ぐんそう》。貴族に取り入るのも、ずいぶんとお上手《じょうず》ですねぇ」

思わず、嫌味《いやみ》たっぷりに口を開いていた。

するとそれにミラーが顔を上げる。

そして彼はこちらを見て、

「………なんだ君か」

また、あの顔をする。彼女をフったときと同じ、迷惑《めいわく》げな、あの顔。

その顔を見て、さらに彼女の言葉は止まらなくなった。

「君かって、それだけ？　いまのを見られて、言《い》い訳《わけ》もしないわけ？　もう、あなたのことは有名なのよ？　裏切《うらぎ》り者のラッヘル・ミラー。貴族《きぞく》に媚《こ》びへつらい、女を紹介して取り入って、昇進するためには、なんでもする男……」

が、ミラーはそれに、

「君に対して、言い訳の必要を感じない。上司がそれを望み、私はやるべき仕事をしているだけだ」

そんなことを、あっさり言ってくる。

その言葉に、ジェルメはあからさまに顔をしかめて見せて、

「それで、人身売買してるっての？　それがあなたのやるべき仕事？　それが、かつて天才と呼ばれた、ラッヘル・ミラーの仕事だってての？」

するとそれに、

「天才……また、古い話を……」

そう言ってから、ミラーはまるで、嘲笑《あざわら》うかのような薄《うす》い笑みを浮かべ、

「だいたい君は、なにを怒《おこ》ってるんだ？　まるでわからないな。私がうまく貴族に取り入っていることか？　だが、ここはそういう国だろう？　甘《あま》い汁《しる》を吸《す》うためには、貴族に取り入るのが一番だ」

なんてことを言い出して。

ジェルメは、震《ふる》えた。

いったい、この男は、なにを言っているの？

彼女には理解できない言葉を、ミラーは並《なら》べる。確《たし》かにそういうふうにして、うまく立ちまわっている者もいるだろう。だが、この、かつては天才と呼ばれ、ジェルメすら憧れを抱《いだ》いたこの男が……

彼女はミラーをにらみつけて、

「……そ、その様子じゃ、地べたを這《は》って、貴族の靴をなめたって話も……」

しかし、ミラーはすぐさま、

「事実だ」

そう言った。それからすぐに、

「おいおい、そうにらまないでくれ。わかったよ。なにが癇に障っているのかはいまいち

見当がつかないが……君にも手ごろな貴族を紹介《しょうかい》してやろうじゃないか。それでいいだろう？　君ほどの美貌《びぼう》なら、パトロンはいくらでも……」

「ふざけるなっ！」

そこで、思わずジェルメは、拳《こぶし》をミラーへ向けて突き出していた。

しかし、ミラーはそれをあっさり受けとめて。

彼は、目を細めてこちらを見つめ、言う。

「はは。遅《おそ》いな。君程度《ていど》の拳打《けんだ》は、当たらないよ、クレイスロール君。忘《わす》れたのか？　君は私に、いままで一度でも……」

が、そこでジェルメは、

「離《はな》せ！　汚《けが》らわしい！」

ミラーの腕《うで》を振り払う。そしてそのまますぐにミラーから顔をそむけ、歩き出して……

後ろから、

「なんだ。事実を言われて、機嫌《きげん》を損《そこ》ねたのか？」

しかし、

「……………」

ジェルメはもう、答えない。

いや、答えられなかった。
なぜだか体が震えて。
本当にミラーは、変わり果てていた。
彼女が思っていた以上に、変わり果てて……
その場を離れていきながら、彼女は泣きそうになった。
こんな男を、一度でも好きになったのかと思うと。
こんな男に、一度も勝てなかったのかと思うと。
そしていまも、勝てないのかと思うと。
しかし、それからすぐに、嫌なことに気づいてしまう。
この男を前にすると、なぜ、こんなにも苛立《いらだ》つのか。
なぜ、こんなにも悲しいのか。
その、本当の理由に。
本当は……
変わり果てたミラーの姿《すがた》を見て……
その姿に自分の姿を映《うつ》して、嫌悪したのだ。
この腐《くさ》った国で、結局は一緒《いっしょ》に腐っていってしまっている、自分の姿に。

ローランド軍の言いなりになり、子供たちを教育して、殺人者を養成する。

そのあげく最後には……

とそこで。

「…………くそ」

ジェルメは、歩きながら、小さくそううめいた。

自分だって、なにも変わらない。あからさまに貴族にこびへつらっているか、外面だけでも、誇《ほこ》りを失くしていないようにとりつくろっているかの差だけ。

なにも、変わらない。自分には、ミラーに嫌味を言う資格《しかく》なんて、本当はないのだ。

だが、それでも。

それでも、天才と呼ばれた、あの男だけには……

が、そこで彼女は自嘲《じちょう》気味《ぎみ》な笑みを浮かべ、

「なんて……都合《つごう》のいい話よね……」

最悪の気分だった。

今日はもう、いくら酒を飲んでも、酔《よ》えそうになかった。

終わらないものは、ない。

変わらないものは、ない。

それは、知っている。

だけど……

それでも……

◆

ちなみにその日。

ライナの言っていた、白馬の王子——ジェルメに酒場で声をかけてきた、一番新しい白馬の王子様は……

なぜか、

『死ねミラー！』

などとわけのわからないことを叫《さけ》ぶ彼女にぼこぼこに殴《なぐ》られて、病院送りになった。

◆

それから、一月あまりの時が流れて。

◆

「ここのところ、なんか、ちょっと休みが多いような気がしない？」

ライナが言うと、それにペリアはうなずいた。

「気がするっていうより、確実《かくじつ》に、休みが多いよ。ライナいま、睡眠《すいみん》時間、どれくらい？」

「ん？　十時間は寝《ね》てるかな」

「いやそれは寝過ぎだって。でも、僕も七時間は寝てるし、自由時間に、ライナやピアと遊べるし、ほら、いまだってこんな無駄話《むだばなし》してても、怒られないしね。いったい、どうしちゃったんだろ？　ピアは、なにか聞いてない？」

その問いに、ピアが自信満々に、

「そんなの決まってるじゃない。んもう、あまりにもあたしが天才で、この一年で強くなりすぎちゃって、『ああピア、なんてすごいの。もう、私には教えることはないわ。これからはあなたが王よ。毎日遊んで暮《く》らしなさい』ってことに……」

「なってるわけないじゃん」

すぐにライナが突《つ》っ込みを入れる。

するとすぐさまピアがそれに、準備《じゅんび》動作のない、凄《すさ》まじい勢《いきお》いの拳打を放ってくるが
……

しかし、ライナはそれを、

「ほい」

軽くよける。

それにピアが、

「あ、ライナのくせによけるなんて生意気！　じゃ、これは！」

「いよっと」

「だからよけんな!!」

「うわ速っ!?　って、なにすんだよ！　いま、ちょっと本気で打っただろ!?」

「ば〜か。あたしが真剣《しんけん》に打って、あんたがよけられるわけないでしょうが。冗談《じょうだん》よ、冗談」

「ああ、ま、そりゃそうか」

言いながらも納得《なっとく》するライナ。

そんなライナとピアの、常人ではもう、どういう動きをしたのか、ついていくのも大変そうな攻防《こうぼう》に、しかし、ペリアはまったく驚くでもなく、

「でも、確かにピアの言ってることも、あながち遠くはないような気がするなぁ。僕ら、この一年ですごく強くなったし。ピアならもう、一対一でもジェルメに勝てるんじゃ

……」

が、ピアがそれに首を振って、

「う〜ん。あんたがそう言ってくれるのは嬉しいけど、もうちょい、かな。あと二か月あれば、抜けるような気もするけど。でもそれは、あんたたちも一緒《いっしょ》よ。あんたたちだって、あと一年もあれば、ジェルメを抜けるわよ」

それにライナは、

「へぇ。そういうもん？」

続いてペリアが、

「自信、ないなぁ」

と……

三人がそんな会話をしているのは、いつもの訓練所だった。

なぜか今日も休みだった三人は、ここ一年、訓練訓練の毎日で遊びなれてないせいか、暇《ひま》をもてあまし、結局訓練所で組手の真似事《まねごと》をしたり、雑談《ざつだん》をしたりしていた。

ピアが、続ける。

「あーもう、なんなの？　なにその弱気な態度《たいど》。あんたたち、男のくせになんでそんな自信ないわけ？　だいたい、ちょっと考えればわかるでしょうが。最近の組手は、あたしたち三人合同なことが多いのだって、もう、あたしたちがジェルメの手に負えなくなってる証拠《しょうこ》じゃない」

するとそれにペリアがぽんっと手を打って、

「あ、なるほど。そういえば……」

が、ピアがそれをすぐに遮って、

「いまごろ気づいたの？　お馬鹿《ばか》。まったく、だぁからにぶい男どもは、だめなのよねぇ。あたしなんかはそのことで最近、毎日悩《なや》んじゃってるってのに……」

なんてことを言ってきて。

それにライナとペリアは驚きの表情になって、

「は？　悩んでる？」

「ピアが？　なんで？」

その反応《はんのう》に、ピアは心底うんざりしたような表情で言う。

「そんなもん、いつの間にかあたしが強くなって、あっさりジェルメに勝っちゃうんじゃないかって、心配してるからじゃないのよ。そしたら……そしたら……」

とそこで。

彼女の言葉は止まった。なぜか、急に機嫌の悪そうな表情になって、

「ああもう、とにかく！　あたしが言いたいことは、あんたたちも、いくら強くなったからって、ジェルメに勝っちゃだめってこと！　わかった？」

しかし、それにペリアは、

「ああ、ピアはあれだね。ジェルメに勝っちゃうとこの訓練所卒業《そつぎょう》になっちゃって、三人が離れ離れになったら寂《さび》しいとかそんなこ……ぐぎゃあああああああああ⁉」

と、なぜかそこで、彼はピアに殴られて吹っ飛んでいく。

それを眺《なが》めながら、ライナは、

「馬鹿だなぁペリアは。ピアは、あれだろ？　ジェルメのことが、好きなんだろ？　だから、ジェルメのプライドが傷《きず》つかないため……ぐぎゃああああああああ⁉」

さらにピアは、ライナへも拳を打ちこんできて、あっさり彼も吹っ飛んでいく。

そしてピアは、恥《は》ずかしそうに顔を赤らめながら、一言。

「どっちも正解！」

じゃ、なんで殴るんだよ……とはもう、ライナもペリアも、言っても仕方ないということくらい、この一年で十分すぎるほどわからされていた……

まあ、それはともかく。

殴られた頬《ほお》をなでながら、ライナが言う。

「……いや、でもまあ、ピアはともかく、俺らがジェルメを抜くのは、まだ先の話なんだし、んな気を使う必要、ないんじゃねーの？　だいたい、俺ってば最初っからジェルメに勝つ気なんか……」

が、そう言いかけたところで、

「じゃ、死になさい。私程度《ていど》に勝てないなら、ライナ、あなたはすぐにでも死んじゃっていいわよ」

なんて声が、訓練所の隅《すみ》から突然《とつぜん》聞こえてきて……

ライナ、ペリア、ピア、三人は、一斉《いっせい》にそちらを向く。

そして、ペリアが驚《おどろ》きの顔で、

「……い、いつからそこに？　っていうか、気配《けはい》、全然なかったんだけど……」

続いてピアがうんざりしたような顔で、

「ほらねぇ。この嫌《いや》がらせっぷり。このへんがまだ、あたしが及《およ》ばない、ところなのよねぇ」

最後にライナが、

「んで？　どっから話を聞いてたんだ？」

するとその問いかけに、なぜかジェルメは嬉しそうに笑って言う。

「な〜んか、あなたたちが私を好きだったり、この訓練所を卒業したくなかったり、ほんとにもう、先生冥利《みょうり》に……」

　とそこで、

「いやぁあああああああ！　絶対《ぜったい》聞かれたくない相手に、聞かれたぁぁああああ⁉」

　ピアが心底恥ずかしそうに、悲鳴を上げた。

　だが。

　ジェルメはそれを無視《むし》して、

「ほんとにまったく、馬鹿なガキどもがいきがっちゃって、うざいったらないわよねぇ」

「え……」

　そこで、ピアの悲鳴が、止まった。

　しかし、ジェルメはそのまま、

「だいたい、私の誇りを傷つけたくないから、勝たないようにするって？　馬鹿じゃないの？　あなたたちごときに、私が倒《たお》せるわけないじゃない。なんかほんとにうんざり。だいたい、いまの生活が、ずっと続くと思ってたの？　最初に、ここであなたたちは、一年鍛《きた》えられることになるって私が言ったの覚えてない？　今後は、子供《こども》たちを殺し合わせるとかいう、狂《くる》ってるとしか思えない、三〇七号特殊施設《とくしゅしせつ》やら、エーミレル私設兵団《しせつへいだん》やらにあなたたちは送りこまれることになる。

でも……

それも一人だけ。私が持ってる枠《わく》は、毎年一人だけなのよ……

その意味、わかる？」

そう言って、彼女は薄《うす》く、笑みを浮かべる。

それにペリアが、

「じぇ、ジェルメ……？　突然《とつぜん》、なにを言って……」

続いてライナも、

「な、なんかの冗談だろ？　いったい……」

いまの彼女の言葉からすると……

ありえない話だった。

が、ジェルメはあっさり続ける。

「そう。あなたたちは、殺しあうのよ。殺しあって、最後に生き残った人だけが、本当の天才として、次の地獄《じごく》へ……」

そんな言葉の間。

「………」

ピアは、黙《だま》り込んでいる。

ペリアは、

「そ、そんな……冗談でしょ？　なんでいきなりそんな……」

そしてライナは、ジェルメの顔を、見つめ続ける。

するとジェルメの目は。

彼女の目は。

まるで……

とそこで、ピアが、

「で？」

そう、聞いた。それから、

「言いたいことは、わかったわ。で？　それで、ジェルメはあたしたちにどうしてほしいの？　そんな……なにか企《たくら》んでるような顔して」

そう。

彼女の目には、いつもの、厳《きび》しくて、理不尽《りふじん》な、不敵《ふてき》な光が輝《かがや》いていた。彼女の目に、そんな光が宿るたびに、めんどくさいことばかり押し付けられて、ライナはそれが嫌いだった。

するとと彼女は、まるでピアの言った言葉に驚くような表情になってから、ちょっとだけ失敗したという顔で、

「って……あらら、一年も一緒にいると、すーぐにばれちゃうものねぇ。せっかく最後に驚かせてやろうと思ったのに。ってか、あなたたち、ちょっと子供らしさが足りないわよ。もうちょっと簡単《かんたん》に騙《だま》されなさいよ」

なんて、ちょっとがっかりした声音《こわね》で言ってから、さらに続ける。

「ま、でも、そんなあなたたちなら、いまの私の話だけで、だいたいの事情はわかっちゃったでしょ？」

「……殺しあうって、こと？」

ライナが聞くと、ジェルメはそれにうなずいて、

「今日辞令《じれい》がきたわ。明日、あなたたちは貴族《きぞく》のお偉《えら》いさんたちの前で殺しあうことになる。生き残れるのは、一人だけ。

でも……私はあなたたちを、殺させない。

いまから逃《に》げなさい。

あなたたちなら、逃げ切れる。私はそう育てた」

そんな突然の言葉に、ペリアがついていけなかったのか、

「え？　え？　ちょ、ちょっと待ってよジェルメ。いきなりそんなこと言われても……」

が、ジェルメはそれを遮《さえぎ》って、

「はいそこ取り乱《みだ》さない、ペリア。男の子でしょ。あなたのポジションは、その『全結界』を使って、いつも冷静に、状況《じょうきょう》を把握《はあく》する。そして、仲間《なかま》を守る。こんなときくらい男を見せないと、大好きなピアに、そのうち愛想《あいそ》尽《つ》かされるわよ」

「んな⁉」

瞬間だった。

今度こそペリアは、いまだかつてないほど衝撃《しょうげき》の表情になって、

「な、な、な、な、な、な、なにを言って……」

それにライナが、

「お？　なんだペリア、そうだったの？」

続いてピアが、

「あらペリアったら、あたしが好きなわけ？　なかなか趣味《しゅみ》がいいじゃない」

「ち、違うって！　そ、そんな……」

しかし、言い訳する前にジェルメが楽しげに、

「と、ペリアを生贄《いけにえ》に捧《ささ》げてみんなが落ちつきを取り戻《もど》したところで……」

「なんで僕が生贄っ!?」

という言葉もまるで無視で、話は続く。

ジェルメが、

「そういうわけで、さっさと荷物をまとめて逃げなさい。すぐに追手がかかるけど、あなたたちなら……」

が。

そこでライナは、手を上げた。そして、

「質問！」

「どうぞ。これがたぶん、最後の別れになるから、この際なんでも答えちゃうわよ？　なぁに？　ちなみに私のスリーサイズは公称《こうしょう》では……」

「いやそんなん聞いてないから……だいたい、公称ってなんなんだよ」

「もちろん、飲み屋の男どもを私の魅力《みりょく》でメロメロにするためのウソの情報……」

「いや、だからそんなん聞いてないって！」

と、ライナはちょっと疲《つか》れた表情で突っ込んでから、

「そうじゃなくて。俺が聞きたいのは……俺たちは、ジェルメの何人目の生徒なんだ？ってことなんだけど」

するとそれにジェルメは、

「二十人目よ」

「へぇ。それって俺たちみたいに、毎年三人？　じゃ、もう七年くらい……」

「いいえ。いつもは五、六人くらい回されてくるんだけど……今回は、あなたたちみたいな癖《くせ》のある奴《やつ》ばっかりってことで、三人。で、質問は？　あなたが本当に聞きたいことは、そんなことじゃないでしょ？」

そう言って。

それに、ライナはジェルメを見つめ、

「じゃ、聞かせて。俺らの前の、その……十七人か。その十七人は、どうなった？」

すると。

ジェルメは、笑った。

そしてあっさり、

「死んだわ。みんな、殺しあって……」

そう言って、笑う。

しかしその笑顔は、まるで自分自身を責《せ》めるかのような、嘲《あざけ》りの笑みで……

それにライナは、すぐに聞いたことを後悔《こうかい》した。ジェルメのそんな顔は、見たくなかったから。

　でも、聞く必要があった。

　だから……

　とそこで、ペリアが、ライナの気持ちがわかったのか、彼の言葉を継《つ》ぐように言った。

「なら、どうしてまた、今回は僕たちは逃がそうと？」

　そう。それが、ライナが聞きたいことだった。どうしていままで他の生徒を見殺しにしてきたくせに、いまになって助けようなどと思ったのか？

　それともこれは……

「…………」

　罠《わな》なのか？

　たとえばこれも何かの訓練の一種だったり……もしくはもっと性質《たち》の悪いものの可能性《かのうせい》だってある。

　だからライナは、ジェルメの顔を見つめる。

　少しでも表情に変化があれば……

　しかし彼女は、ライナを見つめて目を細めた。そして、

「本当に……よく育ってくれたわね。どんな状況《じょうきょう》でも、すべてを疑《うたが》い、最悪の事態《じたい》を想定

して行動する……あなたの態度は、正しいわ。でも……これは罠じゃないわよ。いままでは……いままでの生徒には、ローランドの追手から逃げ切れるだけの力をつけてあげられなかった。そして、他国へいっても、生き残れるだけの強さを、つけてあげられなかった。だから、だからみんな死んで……

私のせいで、みんな死んで……

必死に、育てたんだけどねぇ。生き残れるように、必死に……」

しかしそこで、彼女はにんまり笑う。

「でもやっと、この国の奴らに逆《さか》らえる。あなたたちは、想像《そうぞう》以上だった。想像以上の……天才」

そう言って、満足げに、ライナたちを見つめる。

そして、

「そうよ。あなたたちは、本当の天才。このまま強くなればもう、誰もあなたたちの前に立ち塞《ふさ》がったりはしないでしょう。こんな腐《くさ》った国で、埋《うず》もれる必要はない。あなたたちは、生きなさい」

そう言った。

あなたたちは、生きなさい。

その、言葉の意味は……

ペリアがそれに、

「……ま、まさか……」

続いてピアの表情が、なくなり、

「……ジェルメ、死ぬつもり？」

その問いに、ジェルメはまた、笑った。しかしその笑顔は、さっきまでの、自分を嘲る
ようなものではなくて……

嫌な顔だった。

それはもう、なにもかもに満足しきったような……

それにライナは、

「ね、ねえ。一緒《いっしょ》に、一緒に出てくってことは……」

が、ジェルメはすぐに首を振って、

「無理よ。ローランドをなめないで。内側で誰かが囮《おとり》にならないと、すぐに追手がかかる
わ」

その言葉に、今度はペリアも、

「そんな追手くらい……」

「それも、無理。いまのあなたたちじゃ、国内で追いつかれたら、逃げ切れない」

最後に、ピアが、

「あんたがいても？　ジェルメがいて、あたしたち三人がかりでも、無理な……」

だが、ジェルメはやはり、やんわりと首を振る。

そして、優《やさ》しげな眼差《まなざ》しでライナたちを見つめると、

「あなたたちは、本当に優秀《ゆうしゅう》で……優しい子たちねぇ。でも、もういいのよ。私は少し、人を殺しすぎた。自分が生き残るために、仲間を殺して、殺して、殺して……そしてそれを、毎日後悔《こうかい》してるの。もう、苦しいのよ」

そう言う彼女は、本当に苦しそうで……

「でも……あなたたちは違う。あなたたちはまだ、誰も殺してない。そんなあなたたちをここで救《すく》うことができたら、私は救われるかもしれない。私は、少しだけでも、楽になることができるかもしれない。罪《つみ》が、許《ゆる》されるかもしれない。

それは全部、私の自己満足《じこまんぞく》だけど……

あなたたちのおかげで、私は救われる。

だから……」

そこで、言葉が止まる。

だがもう、ライナも、ペリアも、ピアも、なにも言えなかった。

もう、なにを言っても、彼女の気持ちが変わることはないとわかったから。

ライナはそれに、

「……………逃げよう」

そう言った。

その言葉に、ペリアとピアが、うなずく。

するとジェルメは……

ライナたちが、いままで、聞いたこともないような優しげな声音で、

「ありがとう」

そう、言いかけたところで……

◆

ジェルメは、気がついた。

そして自分の迂闊《うかつ》さを、呪《のろ》った。

背後《はいご》に、なにかが……

「な……全員、逃げなさい!!」

すぐさま、彼女は叫ぶ。

気づいてからの彼女の行動は、速かった。ライナたちへ命令し、自分はそのまま振り返りざまに、

「はっ!」

低く、身をかがめながら肘《ひじ》を突き出す。

するとその肘は、ナイフを片手に一直線に彼女に襲《おそ》いかかろうとしていた男の腹部へと突き刺さって。

「がは」

男は、うめき声を上げてあっさり倒れた。

その倒れた男の服装《ふくそう》をジェルメは確認《かくにん》する。

男の服装は、ローランドの軍服だった。胸の鎧《よろい》には、槍《やり》に蛇《へび》が巻き付いているという紋《もん》章《しょう》が焼きつけられていて……

それを見て、ジェルメは顔をしかめる。

「くそ。なぜだ。なぜ気づかれた……」

計画は、誰にも話してなかった。

なのに、なぜ気づかれた？

一瞬、彼女はライナたちを見る。

まさか、この中に間者《スパイ》が……

しかし、すぐにそれはあまりにも馬鹿らしい考えだと、否定《ひてい》する。そんなはずない。この三人のことは、自分が一番よく知って……

とそこで、ライナが、

「すぐ近くに、一人……」

続いてピアが、

「少し離れた場所に、数人……」

それにすぐさまペリアが、

「四人だよ。『全結界』で見たところによると、四……」

「わかってるわようるさいわね馬鹿ペリア!!　いま大事な話をしてるんだから、ちょっと敵の人数がわかったくらいで偉《えら》そうにしないでくれる？」

「え？　いや、偉そうになんてしてな…………あ……その、ご、ごめん」

「わかればよろしい！　んでもってージェルメ！　こっからどうするわけ？　まあ、ジェルメを襲った奴にはちょっとびっくりしたけど、それも不意打ちでジェルメを倒せないんじゃ、たいしたことないわ。他の奴らに関しては、論外。こんだけ離れたところから気配がわかるんじゃ……あたしたちの敵じゃない。そうでしょ？　ってなわけで、どうするジェルメ？　なんか、あんたの計画は失敗っぽいんだけど、この際一緒に逃げる？」

まるでピアは、この状況《じょうきょう》を楽しんでいるかのように、言ってくる。

それにジェルメは、我《われ》に返った。

そして、三人の生徒の、あまりにも的確で、冷静な態度に、もう、半分うんざりするような表情になって、

「………ったく、なんでこの状況であなたたちのほうが落ちついてるのよ。これじゃ、ついていったらなんか、私のほうが足手まといになりそうじゃない」

するとそれにピアが、

「そうよ。なぁんか『もう死にたい』的な後ろ向きなことしか考えられない寿命《じゅみょう》目前の年《とし》増女《ま》なんか、足手まといに決まってるじゃない。でも……だからっておいてったら、寝覚《ねざ》めが悪いでしょう」

なんて言い出して。

それにペリアが、

「なんでピアはそういう言い方しかできないかなぁ」

そして最後にライナが、

「ま、どうでもいいけど逃げるならさっさと逃げようぜ。こんくらいの敵相手なら、囮《おとり》なんかいらないよ」

あっさりそう言って。

これくらいの、敵。

ジェルメは、足下《あしもと》に倒れている、さっき襲いかかってきた男の姿を、見る。

これくらいの、敵。

ライナはそう言ったが、この男は、ローランド軍の中でも、かなりの実力者の一人のはずだ。

だが、この子供たちには、『これくらいの、敵』、そう映《うつ》るのだろう。

「………」

化物だ。

ジェルメは、そう思った。

三人が三人とも、本当の化物。

他の人間と、うまく交《まじ》われない理由が、わかる。

これほど大きな力を持っていればそれは、他の者たちにとっては、恐怖《きょうふ》の対象《たいしょう》でしかないだろう。

誰もに、忌《い》み嫌《きら》われる。

自分と違う人間。

自分と違う、化物。

自分と違う……

自分と違う……

そう言われ続けて、この子たちは、心に闇《やみ》を抱《かか》え始める。

自分は人と違う。いやそれどころか、もしかしたら、自分は生きている価値《かち》すら、ないんじゃないか？

そんなことすら、考えているはずだ。

その傾向《けいこう》は特に、ライナがひどかった。そのせいで彼は、簡単《かんたん》にすべてを、あきらめようとする。

自分の命ですら、あっさりとあきらめようとする。

彼は、天才と呼ばれるのを、ひどく嫌がる。それが、人とは違うことの、証明だと知っているから。

ライナにとっては、このローランドを逃げ出すことすら、意味がないかもしれない。他へいっても、なにも変わらない。

自分が、化物であることは、なにも変わらないから。

だが。

教えてやりたかった。

「仕方ないなぁ。こうなったら、一緒《いっしょ》に逃《に》げよっか」

「あ、やっとくる気になった？　まったく。これだから年増女は、行動が遅《おそ》くて嫌なのよねぇ」

彼に……彼らに、教えてやりたかった。

変わらないものなんて、ないということを。

「ああもう、ピアは素直《すなお》じゃないなぁ。ほんとはジェルメが一緒で嬉し……ぎゃあああああ!?」

終わらないものなんて、ないということを。

「うわ、ペリア!?　って、だ、大丈夫《だいじょうぶ》か？」

平穏《へいおん》は、すぐに終わってしまうかもしれない。

幸《しあわ》せな時間は、すぐに終わってしまうかもしれない。

友情も……

いや、愛情ですら、簡単に終わってしまうかもしれない。

でもだからこそ。

永遠《えいえん》に終わらない苦しみなど、存在《そんざい》しないということを……

教えてやりたかった。

あなたたちに自分が、どれだけ救われたのかを。仲間を見殺しにした罪悪感《ざいあくかん》に押し潰《つぶ》されそうで……生きる価値《かち》なんてとっくに見失っていたのに……

それすら、終わるのだ。

ライナたちに会って……この子たちを守りたいと、そう思った途端《とたん》にまた、新しく生きる意味を見つけてしまうのだから。

だから教えてやりたかった。

いや、教えるつもりだった。

もし生きて、このローランドを四人一緒に出ることができるのなら……

この三人と自分は、家族になるのだ。親を知らない孤児《こじ》が集まって、家族になるのだ。

「………」

悪くない。

そう思った。

ジェルメは、微笑《ほほえ》んだ。

そして、こう言おうとした。

出会ってくれて、ありがとう。あなたたちは私にとって、誇《ほこ》りの……

が、そこで。

「え……」

一番最初に、ペリアがそう、小さく声を上げた。

続いてピアの表情が、

「な、なにこいつ……」

恐怖に引きつる。

ペリアが言った。

「そんな。『全結界』に、映《うつ》らなかった」

最後にライナが顔をしかめて、

「まずい……」

そう言った。

まずい。

いや、それは、そんな程度《レベル》の状況《じょうきょう》じゃ、なかった。

ジェルメはそっと、そちらを見る。

気配を消して、いつのまにかもう、すぐそばまできていた一人の男の姿《すがた》。

厳《きび》しい瞳《ひとみ》に、鋭《するど》い顔つき。背筋《せすじ》をぴんっと伸《の》ばしたその男は……

「君としたことが、まずいことをしたな、ジェルメ・クレイスロール君」

それにジェルメは、うめくように、

「……………ラッヘル・ミラー……」

最悪だった。

最悪の相手がいま、目の前にいた。

この男だけは相手にしたくなかったのに。

ミラーはライナたちを眺《なが》めやってから、またあの、迷惑《めいわく》そうな、嫌そうな顔で、

「ふむ。子供《こども》に情がわいたか？　馬鹿《ばか》な奴だ。これだから女という生物《いきもの》は、厄介《やっかい》……」

「黙《だま》りなさい！」

ジェルメは、思わず怒鳴《どな》っていた。この男に、そんなふうに言われたくなかった。

一度は好きになった、この男に。

そして、こんな状況でもまだ、そんなことを思ってしまう自分を、嫌悪する。

ミラーをにらみつけて、

「いったい、どうしてあなたが……」

しかしそこで。

訓練所の入り口から、

「女はまだか、ミラー」

いやらしい、下品な声が響《ひび》く。

それにジェルメが振り返ると、入り口には四人の男たちがいた。

すべて見覚えのある、男たち。

さらに一人は、ついこのあいだ見た、ミラーの上官だ。

そしてその他の三人も、確《たし》か貴族《きぞく》の……

とそこで、

「アーグルラ侯爵《こうしゃく》がお待ちですよ」

「そうじゃ。早くしろ。早く子供と女の手足の腱《けん》を切って、私を楽しませてくれ」

つまりは、そういうことらしい。

男たちは、本当にいやらしい笑《え》みを浮《う》かべて、彼女と、そして子供たちを見る。

それに最後に、ミラーが、憐《あわ》れみたっぷりの表情でジェルメを見つめてきて、

「君は……運が悪いな。前に忠告《ちゅうこく》したはずだ。君ほどの美貌《びぼう》なら、パトロンはいくらでも紹介《しょうかい》してやれると……だが逆《ぎゃく》に言えば、君の美貌は、高く貴族に売れる。だから、君には監視《かんし》をつけさせてもらっていた。こういうことには、演出《えんしゅつ》が必要だからな。貴族の方たちは、君のような気の強い女が、絶望する表情が好きなんだ。下賤《げせん》な出の人間のくせに天才と呼ばれ、この国に反抗《はんこう》することができると勘違《かんちが》いした人間を、たたき潰《つぶ》すのが好きなんだ。

で、私の読みのとおり、君は反抗した。監視していたかいがあったよ。また、貴族の方たちに喜んでもらえる」

そんなことを言って、笑う。

そんな顔、見たくないのに。

貴族たちも笑う。まるでムシケラかなにかを見るかのような目で。

みんな笑う。

笑う、笑う、笑う。

狂《くる》うかと思った。だが、怒《いか》りがそれを許《ゆる》してくれない。

こいつら……こいつらを……

ミラーが言う。

「この国を出る？
新たな人生を見つける？
夢《ゆめ》を見たか？
自由になる、夢を見たか？
だが……」
「殺してやるっ！」
瞬間《しゅんかん》、ジェルメは動いていた。
手刀《しゅとう》を、ミラーへと突き出し……
しかし、それを彼は、あっさり横へずれるだけでよけてしまい、
「無駄《むだ》だ。君の力では……」
が、
「ライナ！　ペリア！　ピア！」
そう命じたときにはもう、三人は動いていた。
信じられないほど素早《すばや》く、的確な動き。この一年で、彼女が教えたとおりの……いや、
それ以上の動きを見せて……
それにジェルメは笑みを浮かべた。

「そうね。私一人じゃ、勝てない。でも、いくらあなたでも、私たち四人を相手にはできないでしょう！」

と、再び手刀を打ち出す。

しかし。

とっさにミラーはそれをよけ、すれ違いざまにジェルメの顎《あご》に拳《こぶし》をたたきこんできて、

「あ……」

それだけだった。たったそれだけで、ジェルメの下半身が崩《くず》れ、動けなくなって……

しかし、今度はその背後《はいご》からピアが、

「こっちよ！」

ミラーへ向けて、蹴《け》りを放とうとする。

だがそれも、

「ふむ……攻撃《こうげき》するときに、自分から名乗り出てどうする」

言いながら、ミラーは振り返りもせずに、ピアの足をとらえてしまい……

「んな……ぴ、ピアを離《はな》……」

飛び込んでいこうとしたペリアの腹にも、

「おまえも動揺《どうよう》しすぎだ。動きが荒《あら》い」

「ぐぁ!?」

あっさり蹴りがたたき込まれる。

ペリアはそのまま吹っ飛んでいって。

そして最後に、ミラーは距離《きょり》を取って魔方陣《まほうじん》を描《えが》き、いまにも魔法を完成しそうになっているライナへと向けて、捕《と》らえたピアを掲《かか》げて見せ、

「頭を使え。仲間ごと、魔法で撃《う》ち貫《ぬ》く気か？」

「あ……」

と、そこで、ライナの魔法が中断して。

それが、命取りだった。すごい勢《いきお》いで投げつけられたピアの体にぶつかり、ライナは倒《たお》れて。

それで、終わり。

一瞬だった。

ほんの数秒で、全員、地面に倒れ伏《ふ》していた。

ピアがそれに、震《ふる》えながらミラーを見上げて、

「な、なんなの。なんなのこいつ」

続いてペリアが、

「ば、化物……」

そう呼《よ》んだ。

そうだ。

この男はかつて、そう呼ばれていた。

しかし、これほどとは。

前に戦ったときは、これほどまでの差は、なかったはずだ。

なのに……

しかしそこでミラーはあっさり、

「終わりだ、ジェルメ・クレイスロール。力の差は、わかっただろう？　今度動けば、どれか一人、子供を殺すぞ。他の子供たちも一緒だ。もし妙な動きをすれば、仲間の誰かが死ぬ。それが嫌《いや》なら……受け入れろ。仲間のために、自分を捧《ささ》げろ」

そこで、貴族のほうへと顔を向ける。

貴族たちは、地面に倒れ伏したジェルメたちを見て、

「お、準備《じゅんび》はいいのか？　もう、なにをしても……」

それにミラーはうなずいて、

「抵抗《ていこう》は、させません」

すると貴族たちが、こちらへと近づいてきて。

「や、やめろ……」

そう、言おうとして……

しかし、その声に反応《はんのう》してミラーは、ジェルメのほうではなく、子供《こども》たちのほうへと目を向けて……

動けない。

動けば、子供たちが、殺される。

それは子供たちも、同じだった。

彼らも動けば、ジェルメが殺されるから、動けなくなってしまっていて……

「…………クズだ」

そう思った。

「こいつらみんな……いや、この世界すべてが……」

あまりに歪《ゆが》んだ世界に、吐《は》き気《け》すら覚えた。

貴族の一人が、近づいてくる。

やはり、笑っていた。

醜《みにく》い顔。

異常《いじょう》なほど欲望《よくぼう》が膨《ふく》れあがった、醜い顔。

こんな男の犠牲《ぎせい》になるくらいなら……いっそ死んだほうが……

しかし、そう考えたのは、ジェルメだけじゃないようだった。

ピアが、手刀を自分自身の首へと……

それを見て……

「だめ！　死んじゃ……」

思わずジェルメが、それを止めようと、動こうとしたとき。

「死ね」

ミラーが言った。

その、瞬間だった。

目の前の光景が、真《ま》っ赤《か》に染《そ》まって……

「…………え？」

一瞬、なにが起こったのかわからなかった。

突如《とつじょ》、いくつかの黒い影《かげ》が現《あらわ》れたかと思うと……

いやらしい、醜い笑みを浮かべたままの貴族たちの首が、宙《ちゅう》を舞《ま》っていて。

「な、なんなの……？」

わけがわからなかった。

なぜ、いきなりこんな展開《てんかい》に……

さらにライナたちの首筋《くびすじ》には手刀がたたきこまれ、あっさり昏倒《こんとう》させられてしまい。

いったい、いったいなにが……

ただ、ミラーだけはやはり、落ちついた、それでいていつもの、どこか迷惑《めいわく》そうな表情で額を押さえ、

「……おいおいおいおいおい、おまえらいい加減《かげん》にしろよ……ちょっとやり過ぎだぞ。誰が首飛ばせって言った？　こんなに血をまきちらしたら、片付《かたづ》けが大変だろうが」

その、いままでと違う、どこかくだけた口調《くちょう》にも、驚《おどろ》く。こんなふうな話し方をするミラーを、ジェルメは見たことがなかった。

思わず、誰《だれ》？　と、ききそうになったほど。

とそこで、ミラーが声をかけたほうから、

「だぁってこいつら、すっげーむかつくんだから、仕方ないじゃないですか。ああもう、子供に手を出すなんて……考えただけで虫唾《むしず》がはしる」

そんな声が返ってきて……

ジェルメがそちらを向くと、そこには、貴族のかわりに、闇《やみ》にまぎれるように細工《さいく》され

た、黒装束《くろしょうぞく》を着込んだ数人の男たちがいて、

「そうっすよ。だいたい、俺らこの日のために、どんだけこいつらにぺこぺこ頭を下げたか……最後ぐらい気持ちよくやらせてくださいよ。ほら、あんま刺激《しげき》強いといけないと思って、子供は気絶《きぜつ》させたし、大目に見てくださいよ」

なんてことを言って。

他の者たちも、わいわいと雑談を始めて……

その、すべての者たちの声を、ジェルメは知っていた。

彼女の先輩《せんぱい》や、後輩、同期の男たちで……

ミラーがそれに、

「ったく。せっかく俺が綿密《めんみつ》な計画を立ててるんだから、あんま迷惑かけんなよ」

その言葉に……

俺⁉　いま、この男、自分のこと、俺って言った？

ジェルメは思わず心の中で叫んでいた。

もう、完全にわけがわからなかった。

いったい……

「いったいあんたたち、なんなの……？」

するとミラーが、そこでやっとジェルメのほうを向いて、

「なにって……君と同じ、ローランドの軍人だが？」

「はぁ？　馬鹿にしてんのあんた？　そんなんで説明になってるとでも……だ、だいたい、なにが目的なのよ？　こんなこと……こんなことして……」

本当に、わけがわからなかった。

ついさっきまで、ミラーは貴族たちに、へこへこと媚《こ》びへつらっていたのだ。

いやそれどころか、この男は裏切り者だと、有名なのだ。貴族の言うなりに女を調達して、終《しま》いにはひざまずいて、貴族の靴《くつ》をなめたというのだ。

そんなこの男に、ジェルメは幻滅《げんめつ》して……

心底嫌いになった。

この男を好きだった自分のことすら、嫌いになった。

なのにいま……地面には、貴族たちの死体が転《ころ》がっている。

こんなこと、このローランドでは許《ゆる》されない。

こんなこと……

ジェルメは、ミラーを見つめた。

そして、

「あなたたちいったい、なにしようとしてるの？」

しかしそれにまた、迷惑そうなあの顔で、答えてくる。嫌味なほど硬《かた》い口調で、

「なにも。なにも特別なことをしようとしているわけじゃない。私は基本《きほん》どおりに動いているだけだ。軍というのは、国を守るために動くものだろう？　私はその基本に忠実《ちゅうじつ》に
……」

「はぐらかさないで。国を守るだ？　なに言ってんの？　こんなことして……あなたたち、守るどころか、国をまるごと敵に……」

とそこで、

「その国じゃない」

ミラーはあっさり、

「私たちが守りたい国は、その国じゃない。君も、わかってるだろう？」

そう、言ってくる。

「…………」

それに、ジェルメは言葉を失った。

わかってるだろう？

もちろん、言いたいことは、すぐにわかった。

わかったが……

「ば、馬鹿じゃないの？　あなたたち……本気でそんなことができると……」

この男の言ってることは、つまりはこういうことなのだ。この、貴族がすべてを支配《しはい》している狂《くる》ったローランドを、根こそぎ変えようと……

「そんなこと……そんなことできるはずが……」

しかしそれにもミラーはあっさり、

「できるさ」

一言、そう言う。

自信と、そして確信に満《み》ち溢《あふ》れた声。

それだけでまるで、それはなんということのない、簡単《かんたん》なことのように聞こえて。

目の前にいるのは、天才だった。

彼女の世代では、知らぬ者のない、天才。

それはかつて、彼女が憧《あこが》れた……

とそこで、ミラーが続ける。

やはりあの、迷惑げな、どこか人を寄《よ》せつけない表情のまま、

「きちんと手順を踏《ふ》んでいけば、難《むず》しいことではないと私は考えている。ま、だからといって、そう簡単でもないが……ゆっくりと焦《あせ》らず、貴族を陥《おとしい》れる罠《わな》を張《は》り巡《めぐ》らせていく。当然そのための仲間は、厳選《げんせん》する。仲間にする者の条件《じょうけん》は口の固い者。決して裏切らない者。だが、一番必要なのは……」

そこで、一度言葉を止めてから、

「……自分の命を、簡単にあきらめない者。私は仲間を選ぶとき、必ずそのためのテストをする。自分の命すら簡単にあきらめる者は、すぐに仲間を売り、国も売るからな。だから悪いが、君のことも試《ため》させてもらった。そして、合格だ。ジェルメ・クレイスロール君。君は私の……」

「仲間になれっての？」

ミラーの言葉を遮って、ジェルメは半眼《はんがん》で言った。そのまま、

「ちょっと、ずいぶん偉《えら》そうね。あんた何様のつもり？　こんなふうに試して……散々《さんざん》振りまわして、私が、はいそうですかって、仲間になるとでも思ったら……」

が、そこで、

「俺の仲間になれ」

一言。

彼女の言葉を遮って言ってから……

「そして俺と、この国を救うんだ」

ミラーはこちらへ手を差し伸べてきて……

「あ……」

それに思わずまた、ジェルメは言葉を失ってしまう。

この男の、あまりに傲慢《ごうまん》なやり方に。

この男は、馬鹿だ。

そう思った。

天才なんかじゃない。本物の馬鹿なんだ、と。

だいたい、こんなときにまでこの男は、こんなにも迷惑そうな顔をして……これで本当に、彼女を落せると思っているんだろうか？

いま、目の前にいるミラーは、まるで別人のようだった。

彼女が知らない、まるで別の顔をした男。こちらへ手を差し出し、その手を、彼女が取ると、なんの疑《うたが》いもなく思っている瞳。

その瞳は、嫌味なくらい、自信に溢れていて……

やはり、嫌いだ。そう思った。

なんでこんなにもこの男の発言は、いちいち癇《かん》に障《さわ》るんだろう?

しかしその、本当の理由を、彼女はもう、知っていた。

本当の理由。

それは。


「……………いいわ」

そう言ってそっと手を伸ばし、

「あなたに、ついていきましょう」

彼女は、ミラーの手を取って、嬉《うれ》しそうに微笑《ほほえ》んだ。

◆

ちなみにその夜。

結局ライナと、ペリア、ピアは殺しあい、ライナが生き残ることになる。

というのはまあ、報告書《ほうこくしょ》に書かれた、書類上だけのことで……

実際《じっさい》にはその夜、すでにピアとペリアは国外へ出てしまっていた。

もちろん、ローランドからの追手はかからない。ピアとペリアは、ライナに殺されたということになっているから。

まずはピアとペリアが国外へ脱出《だっしゅつ》して、ライナは、またの機会を待つことになった。

さらにちなみに、ミラーたちが殺した貴族たちの死体は……巧妙《こうみょう》に隠《かく》され、行方《ゆくえ》不明扱《あつか》いになった。ミラーの言うとおり、すべては周到《しゅうとう》に計画されていたのだろう。疑いの目がミラーや、ジェルメたちにかかることはなかった。

いや、それどころか、その事件《じけん》すら足がかりにして、ミラーはのし上っていく。

そしてジェルメも、それと競《きそ》うかのように、軍部を駆《か》け上がり始めて……

この国は、少しずつだが、本格的に変わり始めていた。

ラッヘル・ミラーと、ジェルメ・クレイスロール。

二人の天才を中心として、少しずつ、少しずつ、この国は変わり始め……

そして彼らの努力は、その次の世代。

ライナたちの時代。
十二年もの後《のち》に、やっと実を結ぶことになるのだが……
その革命《かくめい》が実は、嫉妬《しっと》と、嫌悪《けんお》と、そして、一つの恋《こい》から始まったということは……
あまり知られていない。

（ジェルメ、最後の授業：おわり）

あとがき

そんなこんなで『とりあえず伝説の勇者の伝説』、いかがでしたでしょうか？

短編はまあ、いつにも増してハイテンションな作品が揃《そろ》ってますね。

書き下ろしに関しては、ちょっと斜《なな》めな視点からのストーリーで、本筋《ほんすじ》から外《はず》れたり戻《もど》ったりとけっこう楽しんで書けたので、みんなにも楽しんでもらえたらいいなと思ってます。


ってなわけで、いつもどおりの近況《きんきょう》。

忙《いそが》しいです！（笑）

今年に入ってからほんと忙しくて、前の伝勇伝5のあとがきなんかでは、少し弱音《よわね》とかも吐《は》いちゃってたりするんだけど……

でもいまは、元気です。

そこで、最近ちょっと考えることがあって、それを今回の近況にしようかと。

で、じゃあなにを考えてるのかっていうと、

『ああ、やっぱ、神様とかって、まじでいるのかなぁ？』

なんてこと。

いやいや変な宗教《しゅうきょう》とか全然関係ないから、引かないように（笑）

っていうか、神様なんて大げさなもんじゃなくてもいいんだけど。

たとえばそうだな。

ご先祖《せんぞ》さまだとか？　それとも守護霊《しゅごれい》だとかさ、そんなものって、みんないると思う？

僕《ぼく》はいないと思ってた。

っというか、『いるかもしれないけど、見えないし、だからやっぱいないんじゃない？

いてもあんま関係ないだろうし。なにごとも運と本人の努力次第《しだい》でしょ。まあ、テレビの心霊特集とかは好きだけどさぁ』的な発想の持ち主で。

もともと僕は、小中高が、キリスト教系の学校で、毎日礼拝《れいはい》があったし、授業に宗教の時間とかがあって、聖書《せいしょ》の勉強とかさせられてたわけ……

まあ、だからってその学校の生徒は、まるでキリスト教を信仰《しんこう》してないんだけどね（笑）

むしろ真面目《まじめ》に礼拝したり、お祈《いの》りしたりしたら馬鹿《ばか》にされちゃうくらいの勢い。

そんな中で学べたことといえば、ハリウッド映画で、『神が助けてくれる！』みたいな

んだけど。

ちょっとご都合《つごう》な展開《てんかい》にもワリと簡単《かんたん》に感情移入できて、ラッキーとか思える程度だった

でもやっぱり授業があるから、強制的に知識《ちしき》は増《ふ》えていくのよ。神様についての。さらに僕は本が好きだったから、いろんな本を読んで。そうすると、キリスト教だけじゃなくて、他の国の神様、仏教《ぶっきょう》やらなにやらそこそこ詳《くわ》しくなってきて。

まあそういうのが、僕の作品の世界観に出てくる神や宗教の設定に反映してるんだろうけど。僕の書いてるもう一つのシリーズ、武官弁護士《ぶかんべんごし》エル・ウィンなんかは、ごった煮状《に》態で大量に神様や、『古の魔《いにしえのま》』なんていう化物《ばけもの》がでてくるしねぇ。

っと、話がずれた。

とにかくそんなこんなで、僕はあまり真剣《しんけん》に授業を受けるほうじゃなかったし、礼拝の時間も寝てたような奴《やつ》だからとても信心深いとは言えないんだけど……

でも最近たまに、神様ってほんとにいて、守ってくれてるんじゃないか？　ってのはちょっと都合良すぎるかもしれないから、ご先祖様とかが守ってくれてるんじゃないか？　なんて、考えることがある。

で、なんでそんなことを思ったかというと、四日くらい前に、ウィルス性腸炎《ちょうえん》にかかって、高熱出してお腹《なか》痛くなって倒《たお》れました。

え？　ついちょっと前もそんなこと言ってなかったかって？

はい、言ってました（笑）

そうなのよ。またかかったの。ありえなくない？　今年に入ってもう二度も腸炎！　弱り過ぎ！　というより、こんなこと初めてで。まあ、スケジュールがきついから体が弱ってたんじゃない？　と言われればそれまでなんだけど。

でも、僕はそうは思わなかった。

これでまた、さらにスケジュールがきつくなっちゃったんだけど、でも、僕はいま、最近では一番元気かもしれないのよ。

というのも、ここのところ本当に行き詰《づ》まってて、ああこれが属《ぞく》に言うところのスランプってやつなのか⁉　ってな状態になってて。風の噂《うわさ》ではこれに本格的にかかると、復帰するのに八か月くらいかかっちゃった作家さんもいるらしくて……

やばい！　と思ってたんだけど。

今回腸炎で倒れることによって、あまりの高熱で作品のこともスケジュールのこともまるで考えられないで、四日ほどノートパソコンから離《はな》れたら、あら不思議《ふしぎ》。

いますごい書きたくなってる。

そんなとき、ああ、なんか、なにかに助けられたのかなぁ、なんて思ったり。

いや、もう腸炎になるのだけは勘弁《かんべん》なんだけどねっ!!　助けるならもう少し助け方を工《く》夫《ふう》してほしいところではあるんだけど（笑）

他にもいろいろそういうことを考えることがあってね。たとえばデビューする前、僕が初めて小説を書いて投稿《とうこう》しようとしたとき。投稿日直前に必死に書いた原稿用紙三二〇枚分のデータが飛んで。

僕はあまりのことに呆然自失《ぼうぜんじしつ》。それどころか、神さえ呪《のろ》う勢《いきお》いで（笑）

でも、そのあとプリントアウトしてあった中途半端《ちゅうとはんぱ》な原稿を、短期間に必死に全部書き直して。そしたら最初に出来たものとはまるで別物ができあがって。

で、いま思うこと。たぶんあの、一度書いた文章を、もう一度書きなおすっていう作業がなければ、僕は作家にはなれてなかったと思う。あれは、すごく学ぶことが多かった。

でも、自分じゃそんなめんどくさいことしようとはしなかったと思うから。

だからあとで、僕はこう思った。ああ、誰かに、助けられたのかなぁ……なんて。

まあ、そう一瞬《いっしゅん》思うだけで、またすぐ忘《わす》れちゃうんだけどねぇ。

でね。だから思うんだけど、世の中ほんとは楽しいことばかりだと思うんだよ。もちろん気の持ちよう一つだとは思うんだけど。

いま、どんなに忙しくても、どんなに辛《つら》くても、いいことはいっぱいあると思うわけよ。

なんだけどねぇ。

昨日《きのう》高校時代の仲《なか》のいい友達から電話があって、共通の友達が、死んだっていう連絡《れんらく》で。

それも自分でらしくて。

仕事がね、忙しすぎたかららしいの。

でも、ちょっと待てよと。

まだまだ楽しいことなんていくらでもあんのにさ。ほら、僕なんかいま、スランプ抜《ぬ》けて書きたくて仕方ないし、書くのだって楽しくて仕方ないし。でもってその理由が、腸炎が苦しかったからだよ？　人間、ほんとになにがあるかわかんないわけよ。友達と馬鹿騒《さわ》ぎしてもいいし。恋愛《れんあい》だって、楽しいでしょ？　漫画《まんが》だって、映画だって、小説だって楽しいじゃない？　伝勇伝、読んでよ？　楽しんでもらえるように、がんばってるから。相談する相手だって、カウンセラーとか、きっと探《さが》せばいくらでもいるし。自分で思ってるほど独《ひと》りじゃないのに。ほんとにほんとに辛いなら、全部一度、やめちゃえばいいと思うし。

だから待てってて。

前にね、僕の作品を読んで救《すく》われたっていう人がいて……でも僕がそのお手紙に、逆に救われてて。

そう言ってもらえると、小説を書く意味があるんだって、そう思えるじゃない？　僕の小説で、一瞬でも辛いことを忘れられる人がいるなら、僕はここで夢《ゆめ》が見れるって、そう思って。

だからここでみんなにお願《ねが》いー。

悩《なや》み過ぎないで。

楽しいことはいっぱいあるし、みんなでわくわくしながら、楽しくやってこうよ！

ってな話でした。

長々ごめんねー。

そんなわけで、今年はものすごくいっぱい伝勇伝がでまーす。

ドラゴンマガジンの特集には隔月《かくげつ》で伝勇伝がでまくるなんてことが書いてあって、ま、まじ？　とびびってます。他にもドラマガ上でいろいろ企画《きかく》があるみたいなので、みんなチェックしててね！

ではでは今回はこのへんで。

鏡　貴也

初出

ちーむ・ぶれいぶす［前編］　月刊ドラゴンマガジン2002年12月号
ちーむ・ぶれいぶす［後編］　月刊ドラゴンマガジン2003年1月号
ぷりしえんと・ますく　月刊ドラゴンマガジン2003年3月号
がーでぃあん・もんすたー　月刊ドラゴンマガジン2003年4月号
わーきんぐ・ぶるーす　月刊ドラゴンマガジン2003年5月号
それなりに伝勇伝
ジェルメ、最後の授業　書き下ろし

富士見ファンタジア文庫

とりあえず伝説《でんせつ》の勇者《ゆうしゃ》の伝説《でんせつ》④
魔力《まりよく》のバーゲンセール
平成16年6月25日　初版発行

著者――鏡《かがみ》　貴也《たかや》

発行者――小川　洋
発行所――富士見書房
〒102-8144
東京都千代田区富士見1-12-14
電話　営業　03(3238)8531
　　　編集　03(3238)8585
振替　00170-5-86044

印刷所――暁印刷
製本所――コオトブックライン
落丁乱丁本はおとりかえいたします
定価はカバーに明記してあります
2004 Fujimishobo, Printed in Japan
ISBN4-8291-1625-0 C0193

富士見ファンタジア文庫

伝説の勇者の伝説1

昼寝王国の野望

鏡 貴也

ライナ・リュートはやる気がなかった。ここローランド帝国王立特殊学院の生徒に求められるのは、戦争の道具としての能力のみ。しかし、万年無気力劣等生のライナが望むのは、のんびりと惰眠をむさぼることだけであった。

だが、そんな彼の望みはかなえられることはない。彼のその特殊な『瞳』ゆえに……。

新感覚アンチ・ヒロイック・サーガ開幕！

富士見ファンタジア文庫

伝説の勇者の伝説2

宿命の二人三脚

鏡 貴也

いつのまにやら、国王にまで成り上がってしまった元学友シオンの陰謀で、「勇者の遺物」探索を命じられた超無気力男ライナと女剣士フェリスは、いやいやながらネルファ皇国へ旅立った。

一方、失脚を目論む者たちが暗躍するなか国王シオンは、ネルファへの表敬訪問を決意する。暗雲渦巻くネルファで何かが起きる！

アンチ・ヒロイック・サーガ、第二弾！

伝説の勇者の伝説3

非情の安眠妨害

鏡 貴也

万年無気力男ライナと女剣士フェリスは、ネルファ皇国の兵士によって厳重に警備された砦に突入しようとしていた。そこには伝説の勇者が残した剣があるという情報だったのだが……。

しかし、ライナたちはまだ知らなかった。彼らを「忌破り《いみやぶ》」として追う者たちの存在を。

倦怠感あふれるアンチ・ヒロイック・サーガ、それなりに第三弾！

富士見ファンタジア文庫

伝説の勇者の伝説4

大掃除の宴

鏡 貴也

万年寝不足男のライナ・リュートと理不尽だんご大王のフェリス・エリス。二人は「勇者の遺物」を求めてルーナ帝国へとやってきていた。だが、彼らのやる気のなさは相変わらずだったのは言うまでもない。

一方、ローランド帝国の新国王シオンは、いまだ勢力を誇る反国王派の貴族たちに手を焼いていた。そこで、彼が打った手とは……。

アンチ・ヒロイック・サーガ、第四弾！

富士見ファンタジア文庫

伝説の勇者の伝説5

出来心の後始末

鏡 貴也

なりゆきで、ルーナ帝国軍から、『複写眼《アルファ・スティグマ》』を持つ少年アルアを救い出したライナとフェリスは、アルアの幼なじみの少女が待つ村へと向かっていた。だが、そこでライナたちを待っていたのは、手強い敵であった。

また、新興勢力ガスタークの脅威は、じわじわとローランド帝国に迫って来ていた……。

なんとなく緊迫感が増してるような気がするアンチ・ヒロイック・サーガ、第五弾！

武官弁護士エル・ウィン

鏡　貴也

私はミア・ラルカイル。十六歳の可憐な美少女。そのうえある王国の元王女様なのに、強盗やんなきゃ生きてけないなんて……。

なんて思いつつ、金をとろうとしていた私の前にのんきに新聞を読んでる青年一人。武官弁護士を名乗るそいつは一体何者!?

第十二回ファンタジア長編小説大賞準入選作。新世紀をリードするロマンティック・ハリケーン・ファンタジー！

武官弁護士エル・ウィン

検事官はお年ごろ

鏡 貴也

ある森で、突然全ての生物が死滅するという非情事態が起きた。その現場でたったひとり生き残っていたのはまだ幼い少女。

この後彼女は、この事態を引き起こした容疑者として、司法庁に身柄を拘束されてしまった！　それで、彼女の弁護人をウィンは引き受けることにしたんだけど……。

吹き荒れるロマンティック・ハリケーン・ファンタジー第三弾！